林
清
玄
小
语

林清玄小语

心有沉香，不畏浮世

林清玄小语 下

林清玄 著

老树 绘

海天出版社（中国·深圳）

图书在版编目（CIP）数据

心有沉香，不畏浮世：林清玄小语. 下 / 林清玄著；
老树绘. — 深圳：海天出版社，2016.12
ISBN 978-7-5507-1780-0

Ⅰ. ①心… Ⅱ. ①林… ②老… Ⅲ. ①散文集－中国
－当代 Ⅳ. ①I267

中国版本图书馆CIP数据核字(2016)第242698号

图字：19-2016-217号
　　本书中文繁体字版本由台湾九歌出版社在台湾出版，今授权海天出版社在中国大陆
地区出版其中文简体字版本。该出版权受法律保护，未经书面同意，任何机构与个人不
得以任何形式进行复制、转载。

心有沉香，不畏浮世：林清玄小语（下）
XIN YOU CHENXIANG, BUWEI FUSHI：LIN QINGXUAN XIAOYU（XIA）

出 品 人　聂雄前
责任编辑　许全军 童　芳
责任校对　叶　果
责任技编　梁立新
装帧设计　知行格致

出版发行　海天出版社
地　　址　深圳市彩田南路海天综合大厦7-8层（518033）
网　　址　http：//www.htph.com.cn
订购电话　0755-83460293（批发）　83460397（邮购）
设计制作　深圳市知行格致文化传播有限公司　Tel：0755-83464427
印　　刷　深圳市新联美术印刷有限公司
开　　本　889mm×1194mm 1/32
印　　张　8.5
字　　数　160千字
版　　次　2016年12月第1版
印　　次　2017年1月第2次
印　　数　15000—20000册
定　　价　39.80元

自序

品味人格的芳香

因为喜欢茶道,我从小崇拜陆羽,中学时代就熟读《茶经》。

等我有了旅行的能力,就开始追随陆羽的脚步,走遍中国的许多茶区。

陆羽生活的时代唐朝,没有便捷的交通工具,但他用步行走过的路,远远超过许多现代人。我搭飞机、坐轮船、坐高铁、开汽车,都觉得陆处士行履之广大,令我赞叹不已。

陆羽更了不起的是,他不仅仅是"孤儿",还是被父母丢在河边的"弃儿",自幼在寺院长大,没有任何资源,但他自学诗文、自学泡茶、自己研究!竟写出震古烁今的《茶经》,影响了全世界,被公认为一千三百年来最伟大的茶道巨著。

我幼时贫寒，也没有任何资源，但一思及陆羽，就像一股暖流穿过我的心，我就会告诫自己：不能灰心丧志，要学习陆羽，从人生的最底层出发，走到人生最高的境界。

陆羽还是弃儿呀！我父母俱在，兄弟和乐，又有什么好抱怨的！

从我开始写作，到现在超过四十五年了，我总是在追寻文化的高度，也总是想触及终极的性灵，希望永远保有爱与美的向往。

我曾在深圳地区巡回演讲，题目正是"从人生的最底层出发"，不只谈了陆羽，也谈了玄奘、慧能，他们都是孤儿，也同样凭个人的努力，影响了世界，越过千百年，穿过千万里，他们人格的芳香还流动在时空里。

循着那人格的香气，使我们有正向的能量，走过生命坎坷的旅程。

所以，我很欢喜把《心有沉香，不畏浮世》交给深圳海天出版社出版，希望有缘的读者也能品味那人格的芳香。

林清玄

二〇一六年初冬

台北双溪清淳斋

目 录

第一辑 婆娑甘泉

小悲

法师正在诵读一本书的时候，走进一个孩子。

"师父，您在读什么书呀？"孩子说。

"在读大悲咒。"法师微笑着说，继续诵他的咒。

孩子就在房子四周的书中翻着，找了半天，法师忍不住问："孩子，你在找什么呀？"

"我在找小悲咒，"孩子天真地说，"师父是大人，诵读大悲咒，我是小孩，当然要读小悲咒了。"

法师忍不住笑起来："菩萨只有大悲咒，从来没有什么小悲咒呀！"

"为什么呢？有好就有坏，有大一定有小呀。"孩子说。

法师说："那是我们凡人的世界，在菩萨的世界里，好的一切都是大的。大悲、大智、大行、大愿、大德、大菩提、大威神力，因为大就包括了小，只有这些都大才是菩萨，否则就是凡夫了。"

说着，法师牵着孩子的手走到室外，看到高大的殿门上写着"大雄宝殿"四个字，对孩子说："大雄就是大丈夫，如果没有大雄，而是小雄，就是小丈夫了，多难听呀！"

孩子灿然笑了，看着广大澄明的天空说："师父，我也要读大悲咒，做大丈夫！"

众生

"我们一直把功德回向给众生，我们不就没有功德了吗？"人问法师说。

"你不也是众生吗？"法师说。

"我们把一切都供养菩萨，我们还有什么呢？"人问法师说。

"你供养的时候，自己就是菩萨。"

青草与醍醐

我们去看朋友，随意谈起近日的生活，得到的常是一声叹息："好烦呀！"

有时坐在办公室中，左边不时传来叹息的声音，而右边有人推开一大摞待处理的文件："真是烦死了！"

还有一些时候，会接到不速的电话，我们耐着性子唯唯诺诺地听着，好不容易挂断电话，忍不住喘一口气说："真烦！"

最让人心惊的是我们的孩子，放学回家突然蹦出一句："这种日子真是烦！"

有一回，我看见亲戚读小学一年级的孩子坐着发愁，走过去正想安慰他，他突然这样说："少来烦我，我心情不好。"

这是个令人着烦的世界，工作的时候烦工作，生活的时候烦生活，忙碌时为奔波而烦，休息时为寂寞而烦。坐在家里也烦天下大事，走到室外又烦着环境与人群。

一个朋友说得最好："如果有一天清晨醒来，心情很好，能维持这好心情一直到入睡，就是谢天谢地了。"

烦死人的工作！烦死人的家事！烦死人的孩子！烦死人的电视！烦死人的天气！

虽然不至于真被烦死，时间却在忧烦中一寸一寸地死去了。恼人的事也不少，孩子为上课、考试、升学而恼恨着；青年为爱情、婚姻、工作而恼恨着；大人为衣食、升迁、权位而恼恨着。恼恨着自己，恼恨着环境，恼恨着这个世界。

烦恼的本质

有一个孩子这样问我："我真希望生在古代，因为现代有太多令人烦恼的事。古代人不知道会不会像我们这么烦恼？"

"自从人生在这个世界，烦恼就随着诞生了，不管生在古代、现在，或者未来；不管生在中国、美国，或者非洲。人虽有古今，地虽有南北，人性没有什么不同，烦恼的本质也是一样的。"我说。

"什么是古今中外相同的烦恼本质呢？"孩子问。

"这是一个大的问题，我想我们还是从佛经的观点来谈吧！"

在佛经里，非常确定的就是人的烦恼，凡人必有烦恼的本质，烦恼的起因与反应可以大别为两种，就是"根本烦恼"与"随烦恼"——根本烦恼是烦恼的基本原因，随烦恼是随着根本烦恼的反应而生出的烦恼。

在根本烦恼的种子，随烦恼芽苗的生长中，佛教把烦恼说成八万四千种烦恼，这是一个无限的概数，事实上，这世界上的烦恼何止八万四千呢？

为了使烦恼得到对治，佛教共有八万四千法门，也就是八万四千的菩提。这不仅仅是消极疗治的态度，而是一种积极的观点，是说任何一个烦恼都会带来一个觉悟、一次启发、一点智慧，所有的烦恼都是智慧的芽种，所有的智慧则正是烦恼结出来的花果。

由此观点，我们可以肯定地说：我们如果过的是无烦恼的人生，必然地，我们就会过无智慧的人生。

牛饮水成乳，蛇饮水成毒

所以，在一个更大的视野之中，烦恼就是菩提，菩提就是烦恼，是一体不二的。

这有一点像一个钱币的两面，两面虽有不同，钱币是同一个。在《法集经》里，有一位奋迅慧菩萨问无所发菩萨什么叫作菩提。无所发菩萨说："善男子！言菩提者，无分别，无戏论法，即其言也。善男子！见我者，名为戏论，此非菩提；远离我见，无有戏论，名为菩提。善男子！着我所者，名为戏论，此非菩提；远离我所，无有戏论，名为菩提。随顺老病死者，名为戏论，此非菩提；不随顺老病死，寂静无戏论，名为菩提。悭、嫉、破戒、嗔恨、懈怠、散乱、愚痴、无智，戏论，此非菩提；布施、持戒、忍辱、精进、禅定、智慧，无戏论法，名为菩提。邪见，恶觉观、恶愿，戏论，此非菩提；空、无相、无愿，无戏论法，名为菩提。"

这里说明了遇到烦恼的时候，一个人如果随顺于烦恼就不是菩提，只有心不染着，能转烦恼为智慧的才是菩提。

烦恼的本质虽同，但因人所见而异，佛陀在《华严经普贤行愿品》中说："牛饮水成乳，蛇饮水成毒；智学成菩提，愚学为生死；如是不了知，斯由少学过。"——烦恼只是水一样的东西，有智慧的人因它而觉悟，愚笨的人因它而随入生死，这就像牛吃了水化成牛乳，而蛇喝了水反而变成毒汁一样。

这是一个多么高明的比喻，佛陀在《大般涅槃经》里也讲了一个同样高明的比喻："雪山有草，名曰肥腻，牛若食者，纯得醍醐，无有青黄赤白黑色。谷草因缘，其乳则有色味之异。是诸众生，以明无明业因缘故，生于二相。若无明转，则变为明。一切诸法，善不善等，亦复如是，无有二相。"

我们译成白话是："在雪山上有一种肥腻的草，牛吃了这种草就产出纯净的牛乳，不会有青黄赤白黑等颜色。只是由于吃谷草的因缘，使牛乳有一些颜色味道的差别，牛乳是牛乳则都是一样的。这就像各种众生，由于明、无明、业力、因缘的不同，而生出相异的相，如果能把无明的沉迷转了，心就开悟明净，一切诸法，善或者不善都像是这样，只要能转，就没有不同了。"

以上这段经文，是明白地触及了烦恼与菩提的人生本质毫无二致，人迷于事理则成烦恼，人悟于事理就化为菩提，因此，佛陀在《仁王护国经》里说了一段著名的话：

> 菩萨未成佛时，以菩提为烦恼。菩萨成佛时，以烦恼为菩提。何以故？于第一义，而不二故，诸佛如来，乃至一切法如故。

火中生莲，转识成智

烦恼与菩提不二如一的实性，时常受到小根器的人怀疑。甚至连小乘行者都不免生出分别之心，认为必须先破烦恼、断烦恼、舍烦恼才能求菩提，在六祖的时代，就曾有一位薛简问过同样的问题，我们来看六祖的见解。

薛简问道："明喻智慧，暗喻烦恼，修道之人，倘不以智慧照破烦恼，无始生死，凭何出离？"

六祖说："烦恼即是菩提，无二无别，若以智慧照破烦恼者，此是二乘见解、羊鹿等机。上智大根，悉不如是。"

薛简问:"如何是大乘见解?"

六祖说:"明与无明,凡夫见二,智者了达,其性无二,无二之性,即是实性。实性者,处凡愚而不灭,在贤圣而不增,位烦恼而不乱,居禅定而不寂,不断不常,不来不去,不在中间,及其内外,不生不灭,性相如如,常位不迁,名之曰道。"

这样深辟的见解是连断、舍、破的观点都不许的,必须把烦恼与菩提合起来看,在《大方广宝箧经》里,文殊菩萨曾对佛陀的弟子须菩提开示,说:"譬如陶家,以一种泥,造种种器。一火所熟,或作油器苏器蜜器,或盛不净。然是泥性,无有差别;火然亦尔,无有差别,如是如是,大德须菩提!于一法性一如一实际,随其业行,器有差别。苏油器者,喻声闻缘觉;彼蜜器者,喻诸菩萨;不净器,喻小凡夫。"

烦恼是陶土,菩提是陶器,泥土的性质是一样的,不同的是,菩萨用来盛蜂蜜,而凡夫用来装臭秽的东西!

用譬喻来说明烦恼与菩提关系的经典非常多,我们现在来看民初的高僧慧明法师对它的解释,他进一步指出烦恼与菩提有二义,一者火中生莲义,二者转识成智义。

关于火中生莲，他说："火喻烦恼，莲喻菩提，烦恼是苦，菩提是乐。学佛人要由苦得乐，须于烦恼火宅之中，生出红莲，方为究竟。何以故？火有毁灭之威，不实之物，一经其焰，莫不随之而化；亦有锻炼之功，坚真之质，受其熔冶，即成金刚不坏之体……可知烦恼之火，即菩提之因，此即火中生莲之义。"

关于转识成智，他说："着相分别为识，即相离相为智，识即烦恼，智即菩提。何以故？烦恼由无明业识而生，菩提由清净慈悲而长，惟识与智，非一非二，所以者何？识是妄，智是真，离真无妄，离妄无真故，众生迷真逐妄，遂生烦恼，烦恼愈深，离真愈远。若发心真切，磨砺功深，则忽然识妄为幻，进而不离于幻，即幻为真，进而不着于真，当下清凉，识即成智。……可知烦恼与菩提，皆是一心，本无自性，能转烦恼为菩提，即是贤识成智义。"

好好珍视我们的烦恼

烦恼与菩提的关系，到这里已经非常清楚地呈现出来，它像青草与醍醐，像泥土与蜜器，像烈火与红莲，是不可分的。这也像《维摩经》《大宝积经》中说到污泥中的莲花，莲花生于污泥正如醍醐为青草所化一样。

所以，当小乘行人为修惑、断惑而取涅槃的时候，大智大悲的菩萨却投入惑中，为了济度众生，情愿不断烦恼以利益有情，这种心愿非常的动人，但它的实相是，烦恼正是菩提，菩萨在烦恼里才能锻炼智慧（智增菩萨），也才能广发悲心（悲增菩萨），我们想想看，如果菩萨不在烦恼中，智慧由何而来？慈悲从何而来？如果菩萨不在烦恼中取菩提，又如何济度为烦恼所苦的众生呢？

明白烦恼菩提不二如一的要义，不仅对我们出世般若有帮助，对人世智慧也有很大的启发，这使我们有更积极的勇气来面对人生，使我们有更清明的灵思来承受烦恼，到了一天，我们每一朵烦恼的烈焰都烧出一朵菩提的红莲，我们每一株烦恼的杂草都生出一滴清纯的乳汁，我们每一块烦恼之土都铸成一个精美的器皿，我们每一分情都是慈悲与智慧的结晶，那时候，我们才能体验到最净、真我、妙药、常住的无上最胜菩提。

我们再来谈《维摩经》中动人的一段吧！

維摩詰問文殊師利："何等為如來種？"

文殊師利言："有身為種，無明、有愛為種，貪、恚、痴為種，四顛倒為種，五蓋為種，六入為種，七識處為種，八邪法為種，九惱處為種，十不善道為種。以要言之，六十二見及一切煩惱，皆是佛種。"

好好珍視我們曾經承受過的煩惱，珍視現在正處著的煩惱，因為其中的每一個，都是佛種！

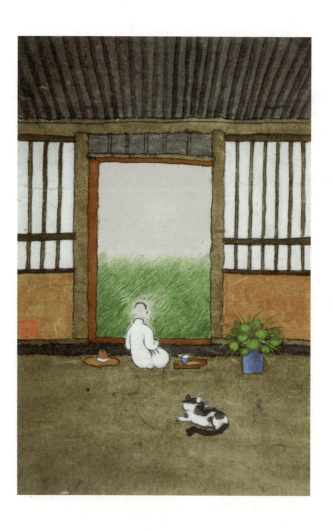

八风吹不动 🐾

七月十六日 ① 有一则来自美联社西班牙巴塞罗那的电讯，报道了超现实主义大师达利的消息，达利告诉去采访他的记者说，他将永远不会离开人世，因为他是个天才。达利现年八十二岁，他因轻微的心脏病发，十三日被送进医院进行紧急手术，安装了一枚心脏节律器。

他离开医院时，在门口对记者说："由于我是个天才，我没有死亡的权利。我将永远不会离开人世，因为我希望为我们的国王（卡洛斯），为西班牙及为加泰隆尼亚而活。"

达利的人和他的画一向都被热烈地争论，他特立独行、时出奇招，经常都是传播媒体乐于报道的新闻。而

———————————

① 本文写于 1986 年。

在本世纪，他人还活着，艺术已经受到全世界的肯定，是在毕加索、米罗死后，少数现代艺术的世界级大师。

尽管达利的艺术疯狂而诡秘，超越了现实的想象世界，可是当他大发豪语说出"由于我是个天才，我没有死亡的权利"的时候，我们并不能感受到他的豪迈，反而觉得一种无奈的凉意。那是因为在人类的历史中，曾经有过无数的天才，可是从来没有一个人不离开人世，看清了这一点，我们对达利最后的呼喊就益发触动了一些惆怅。

不要说死亡了，几年前世界重量级的拳王阿里，在他最强壮最巅峰的时候，曾经在拳击台上高呼："我是永远的拳王，不可能被击败！"可是他在最后的几场拳击赛中却一再地被击倒，我们看他在拳击台上步履蹒跚，肌肉松弛，努力挥动拳头的时候，不禁对这位曾不可一世的拳王感到同情，使我们认清了一项事实：世界上没有永远不被击倒的人，即使是世界拳王也不例外。

达利和阿里并不是被对手击倒的，而是被时间打败，他们在岁月里老去，而且不只老去，他们还曾和所有这世界上平凡或不平凡的人一样，最后都将投入疾病与死亡的怀抱。

对于像达利和阿里，在人生里曾经有过事功，被世人所尊崇的人物，他们往往难以面对老化与死亡的事实，他们最后的叫唤并不能拉住时间的脚步，只是说明了一句话："我不甘心！"我们的一位前辈艺术家席德进，在死前最后一刻，曾大声说出来的一句话正是"我不甘心！"

不要阎王爷知道我

达利接受访问的第二天，中国摄影家郎静山度过了他的九十五岁生日。

摄影大师生性淡泊，从来不声张他的生日，也很少过生日，他在接受记者访问时幽默地说："避免过生日，是不要阎王爷知道我。"

郎大师生于清光绪十八年（公元一八九二年），农历闰六月十二日，他之所以婉拒大家给他过生日的理由，是他认为闰月才是他的生日。在他九十五年的岁月里，只遇到六次闰六月，第六个闰月是他八十八岁那年。

当有人告诉他，明年有闰六月时，他非常惊讶地说："我记得要到我很老的时候才会再出现一次的闰六月。"

我们从郎静山大师幽默的谈话里，可以看到他仍然保有赤子纯真的心情，他对自己的老有一种坦然自在的态度。

我曾经几次访问过郎静山先生，颇能感受到他宁静淡泊的心怀与人生态度，他清心寡欲、生活简朴，对待年轻人非常诚恳谦虚，时常让人忘记他是九十多岁的老人。有时候在西门町路边的橱窗遇见他，他总是一袭长袍，满头白发，仙风飘飘，步履稳健，耳聪目明，他虽出生于前清年代，健康却不输给一般的青年。

郎先生除了担任了五十年"中国摄影学会"理事长外，现在还在台北市政府公务人员训练中心教摄影和保健，他的保健秘方归纳起来十分简单，就是"生活简朴，清心自在"。

这几十年来，郎先生总是穿长袍，样式从来没有变过，颜色只有黑、灰、蓝三色，他从来不介意外在形象，时日一久，他反而创造了一个鲜明的形象，并且成为摄影人士的精神标杆。

不久前，一家彩色软片公司以郎静山做广告，却没有汇钱给郎先生，摄影界的后辈都为他愤愤不平，但郎先生只是一笑置之，由此可见他的修养，以及对名利的态度。

群山间最近的道路

比较起来，超现实主义艺术大师达利，年纪比郎大师小，可是当达利说："我永远不会离开人世，因为我是个天才。"而郎静山不过生日是因为："避免过生日，是不要阎王爷知道我。"相形之下，郎大师就比达利有智慧得多，这种智慧是来自他知道人必有老，人必有死，而能坦然处之，不卑不亢，令人击掌。

知道人生老死之必然，是中国哲学里非常自然的一部分，虽说人在面对时不免挣扎抗拒，心有不甘，但只要知道了自然的兴谢，草木的荣枯，把人生当成自然的一部分，就比较能够切进生命历程的核心。

那些摆出强人姿态，鄙视老去与死亡的人，无法脱开老与死的捕捉，而那些坦然面对人生兴谢的道路的人，也同样地要走进枯萎的怀抱，这是人生里无可奈何的真实。正像哲学家尼采说的："群山之间最近的路是从山巅到山巅，但你必须有够长的腿。"这实在是个悲剧的预示 没有人有那样长的腿。

写到这里，突然听到新闻广播，报道郎静山先生往南横公路拍照的回程，在利稻附近，座车翻落五百多米的深谷，随行的四人中三死一伤，而郎先生在五十米高的山腰上被摔出车外，仅受轻伤，距离他过完九十五岁生日仅有十天的时间。陪他前往而死亡的摄影家都犹在壮年，使我们感到哀伤，却也同时看到了无常的例证。

郎先生不只是命大，简直是个奇迹，可见他的福报很大。比较起来，有许多年轻人，当劝他们要多做智慧的探索、心灵的思考时，他们常说："还早哩！等我年纪大了，比较清闲时再说吧！"很少人想到，即使在这个世界上，仍有许许多多青年竟活不到老的，或者他们知道许多人活不到老，但万万想不到那活不到老的正是自己。

我想到两句诗："莫道老来方学道，孤坟都是少年人。"还有两句是："孤坟都是猛士，荒冢多少豪杰。"

人生说长道短，短的有活不过一时的，长的也难过百岁，从这一个限制来看人生的道路，就可以看到佛教经典在这基础上看清了人生的真相，老病缠身，失所流离，怀爱死别则是这真相里最让人叹息的。

八风吹不动与三法印

佛教里说人生最基本的八苦是生、老、病、死、爱别离、怨憎会、求不得、烦恼炽盛。这八苦中，其他六苦都是因人而异，有轻重之别，唯有老、死两样是绝对的、相同的、没有差别的。

老死虽是绝对的，但有八种东西曾加速它的来到，在经典里称为"八风"。《增一阿含经》就说："有世八法，随世回转。何云为八？一者利。二者衰。三者毁。四者誉。五者称。六者讥。七者苦。八者乐。"

为什么叫八风呢？

因为这八种都是煽动人心的原动力，由于这种煽动，加速了人生的燃烧，人就随这种燃烧逐渐被焚掉了岁月，烧光了寿命。可是使我们快速老化的不仅是痛苦的事，连利益、称誉、快乐都是使我们燃烧的原能力。

此所以古来的修行人，他们最根本的基础是"八风吹不动"，这也是最基本和定境。八风吹不动，并不表示就不会老，不会死，而是能使生命的风不要吹得太快、太激烈，不加速运转的速度罢了。

这是《济沙王五愿经》说的："志在淫佚，故不得脱。志在嗔怒，故不得脱。志在愚痴，故不得脱。道人知是者，因弃淫佚之以为，弃嗔怒之心，弃愚痴之心，拔恩爱之本，断其枝条，截其根茎，不复生兹，是名无为。"——把八风的枝条与根茎都拔除了，不再被它煽动，是解脱人生之苦的根本道路。

说到"八风不动"，禅宗里有一个有趣的故事，也是大家都知道的故事：

苏东坡与佛印和尚是好朋友，有一天他写了一副对联，上书"八风吹不动；端坐紫金莲"两句，请部属送给佛印看。佛印看了微笑，在上面批了一个"屁"字，请人送回给苏东坡。

东坡看了这个"屁"字，怒不可抑，亲自坐船过江，要到金山寺去找佛印和尚算账，赶到金山寺时，只见寺门上贴了一副对联："八风吹不动；一屁打过江。"东坡看了哑然失笑，才知道自己上了佛印的当。

这虽是个笑话，但深入想一想，我们在人生里不也是每天被一些无关紧要的屁事吹得东倒西歪吗？有许多人被无常的风吹得步履蹒跚，还自以为是端坐紫金莲哩！

老是无常、死是无常，这是再高的修行者也不能避免的，是佛陀最初说法"三法印"的一部分。

三法印是"诸行无常，诸法无我，涅槃寂静"，法印是佛法的定义，也是用这三个定义可以区别佛法与外道的不同，用这三个法印来衡量一切诸法，如果有一个法自称是永恒不变的（例如信我者永生），是唯我独尊的（例如天地为我所创造），是可以得到人间一切荣华的（例如求财得财），那么这不是正法，而是外道。

一般说三法印，都是把三者分开来作印证，但我有一个不同的解释，是连贯来看的，就是当一个人明白了一切法为无常的真谛，他才有可能打破一切对自我的执著，而唯有打破我执到了无我的境界，才有可能进入寂静明澈的涅槃净境。

珍惜剩下的岁月

既然知道年华老的悲哀，又知道了死亡随时在门口蹲踞，有许多人都会想："管他的，二十年后又是一条好汉！"那是因为大家都相信在轮回与转世里，今生未完成的志业都可以在下辈子完成。

但是老与死最可怕的真相是：一切并不像我们所想的那样如意。因为即使是投生为人，都不是一件容易的事。

佛陀曾在《杂阿含经》里说过一个故事。

佛陀对弟子说："譬如大地，悉成大海。有一盲龟，寿无量劫，百年一出其头。海中有浮木，只有一孔，漂流海浪，随风东西。盲龟百年，一出其头，当得遇此孔不？"

阿难对佛陀说："不能，世尊！所以者何？此盲龟若至海东，浮木随风，或至海西。南北四维，围绕变尔，不必相得。"

佛陀于是对弟子说："盲龟浮木，虽复差违，或复相得。愚痴凡夫，漂流五趣，暂复人身，甚难于彼。所以者何？彼诸众生，不行其义，不行法，不行善，不行真实，辗转杀害，强者凌弱，造无量恶故。"

这段经文，简单地说，是大海里有一只瞎眼的乌龟，它一百年才浮上海面一次，而海面上有一块漂浮的木头，上面有一个洞，那瞎眼乌龟每百年伸头一次，把头伸进浮木的洞里，有没有可能？而众生要转生为人的可能性比那盲龟浮木还要困难得多呀！

我们今天有如此难胜的因缘，以人身诞生在这个世界上，知道再来的时候是如此不易，那么如何珍惜剩下的岁月，实在是人生中最重要的课题。

　　珍惜岁月唯一的道路，在《增一阿含经》中，阿难
曾说过一首诗，值得我们记而诵之：

　　　　诸恶莫作，
　　　　众善奉行，
　　　　自净其意，
　　　　是诸佛教。

日日是好日 🔖

云门文偃禅师有一天把弟子召集在一起，说：
"十五日以前不问汝，十五日以后道将一句来！"

弟子听了面面相觑，他自己代答说："日日是好
日。"

这段公案非常有名，有许多研究禅宗的学者都解
过，但我的看法是不同的，这段话翻译成白话是："开
悟以前的事我不问你们了，开悟以后的情境，用一句话
说来听听！"学生们正在想的时候，他就说了："天天
都是好日子呀！"

为什么云门禅师用"十五日"来问呢？因为十五
是月圆之日，用来象征见性的圆满，还没有圆满之前的
心性是有缺陷的，一旦觉行圆满，当然天天都是好日子
了。

　　"日日是好日"很能表现禅宗的精神，就是见性开悟是最重要的事，没有比开悟更重要的了。在我们没有开悟的时候看禅宗的公案，真像丈二金刚摸不到头脑，一旦开悟再回来看公案，就像看钵里饭，粒粒晶莹；看桶里水，波波清澈；看掌上纹，条条明白；看山河大地草木，一一都是如来。

　　云门禅师还有一个有名的公案，有一天他遇见饭头（厨房的伙夫），就问饭头说："汝是饭头么？"饭头说："是。"禅师问他说："米里有几颗？颗里有几米？"饭头无法回答，禅师就说："某甲瞻星望月。"

　　从前我读这个公案，感到莫名其妙，现在总算抓到一点灵机。当禅师说"米里有几颗？颗里有几米？"的时候，问的正是"自性"与"身体"的关系，也是"法身"与"报身"的关系，翻成白话可以说是："你见到身体里有佛性？佛性里有身体吗？"饭头没有这种体证，无法回答，禅师就开示他："你看星星的时候，也要看到月亮呀！"

　　可惜，一般人看星星时，总看不到月亮，只注意小小的身体，而见不到伟大光明的圆满如月的佛性。

　　再回到"日日是好日"，对于见性人，知道心性大如虚空，包含一切江月松风、雾露云霞，那么一切的横逆苦厄都是阴雨黄昏而已，对虚空有什么破坏呢？当我们有一个巨大的花园时，几朵玫瑰花的兴谢，又有什么相干呢？

日日是好日，使我们深切知道自在无碍明朗光照的人生不是不可为的，因为日日是好日，所以处处是福地，法法是善法，夜夜是清宵。

永嘉玄觉禅师在《证道歌》里说：

"一性圆通一切性，一法遍含一切法，一月普现一切水，一切水月一月摄。

"诸佛法身入我性，我性同共如来合，一地具足一切地，非色非心非行业。"

由于佛性不受染，不可毁不可赞，如如不动，所以才是"日日是好日"，这不是梦想，而是实情。

云门所说的"米里有几颗？颗里有几米？"也正是永嘉《证道歌》中的"取不得舍不得，不可得中只么得"。

我们如果想过"日日是好日"的生活，没有别的方法，十五日以前不必说它，觉悟！觉悟！今天就是十五日了。

大音希声

朋友从纽约回来，我们已经十几年没见了，我问他："这么久没有回来，觉得台湾变化最大的是什么？"

朋友说："水果。"

对朋友的回答我感到很惊讶，因为这些年台湾盖这么多房子，建如此多的马路，天上的空气这么脏，地上的交通那样乱，人民的口袋那么有钱，难道他没看见吗？为什么独独看见了水果？

"我出去之前，最喜欢的就是水果摊和花店，每次看到那么多美丽的花、五彩缤纷的水果，就感动得不得了！想想看，我们台湾是如何的一种风土，多么温润、多么肥沃，才有可能长出美丽的花和好吃又好看的水果！"朋友说。

我才想到朋友是北方人，少年时代从大漠来到南方，看到台湾的花果自然有一番特别的动心。

"十几年没有回来，回来的第一件事当然是去看花店和水果摊，"朋友继续说道，"这一次到水果店真是大吃一惊，水果的种类更多了，而且简直大得不像话，特别是芭乐、芒果、莲雾、木瓜、草莓都比以前大好几倍，台湾人真神奇呀！竟然能种出这么大的水果。幸好，以前牛顿是坐在苹果树下，如果是坐在台湾的芭乐树下，他就无法发现地心引力，因为一个芭乐打下来，当场就死了。"

朋友买了许多水果带回旅馆去吃，结果非常失望，他说："许多水果已经失去滋味了，特别是芒果和莲雾，还是从前的土芒果、土莲雾好吃得多！"

"你这是乡愁作祟吧！我一直觉得台湾的水果都很好吃。"我说。

"不会的，我在台湾时就把水果的滋味记得很清楚，在纽约的时候，回味过千万遍，滋味是非常确定的，真可惜，那些滋味已经不同了，虽然水果变大变美了。"朋友转而用严肃的口气问我，"清玄！你暂时放下乡土情感，告诉我，现在的水果滋味是不是比不上从前了。"

朋友的问话使我陷入了沉思，在夜黑的南京东路默默地走了一段路，然后我说："有些水果的味道确实变了，不过这没有什么好坏，就像你说敦化南北路是从前的稻田好呢，还是现在齐天的高楼好呢？"那时我们正在跨过敦化北路的交叉口，夜里望去，那种感觉，与我多年前和朋友行过曼哈顿第五街时竟那么相似。

朋友说，水果也是人心的展现，现在台湾的人什么都要多、要大，对生活的品质和滋味却反而不在意，于是社会变得丑怪不堪，如果把大芒果、小芒果，大芭乐、小芭乐摆在一起，大部分人会选那些大的、滋味差的水果，小的精致水果就灭种了，这实在是人心的象征。"追求大的、多的，而不在乎小的、精致的、有滋味的东西，这是台湾整个文化的表现，不只是水果呀！"朋友这样下着结论。

我们忧心地谈起前一阵子大家花几十万元买一条红龙来养，这一阵子红龙已经没落了，一些人对云贵高原的娃娃鱼产生兴趣，花数十万甚至百万元买来养，养死了以后烹煮宴客，在电视上看到那主人大谈娃娃鱼的滋味像猪肉，　副无惭无愧的样了，就知道台湾的人心多么丑怪了。数十万元可以做的事很多，能给社会的贡献也很多，是一家中等家庭一年的生活费，可以救很多人于饥寒，可以拯很多人于残病，可是，我们台湾人竟用来买红龙、买娃娃鱼、买西藏獒犬，甚至烹而食之，想来就觉得可耻！

听说娃娃鱼夜里会啼哭如婴儿，我们听了非但不为之心碎，反而喜闻其哭，可以知道病不在娃娃鱼或红龙，而是人心有病，人心有大病！照这样下去，台湾的人文品质确是使人忧心的呀！

心情沉重地送朋友回旅馆，回家后读莲池大师的著作，其中有《警悟四首》谈到住衣食器，有《古语四颂》谈到大，深有所感。我们先来看《警悟四首》：

　　　　屋可蔽风雨，何苦斗华丽？尧舜古圣君，光宇天下被。

　　　　茅茨未尝剪，土阶亦不砌。不知尔何人？鳞鳞居大第！

　　　　食可充饥肠，何苦尚腴靡？孔颜古圣师，悦心饱义理。

　　　　一箪复一瓢，饭蔬食饮水。不知尔何人？肥甘满砧儿！

　　　　器可足使令，何苦作淫巧？释迦三界师，

万德备天藻。

一持钵多罗，四缀犹未了。不知尔何人？
杯箸严七宝！

衣可盖形体，何苦竞文饰？迦叶首传灯，
闻誉千古溢。

头陀百结鹑，老死终弗易。不知尔何人？
遍身皆绮縠！

尧舜住的只是茅屋土厝，孔子、颜回吃的只是箪
食瓢饮，释迦牟尼佛用的只是一个乞食的钵，迦叶尊者
穿的是补过百回的破衣，可是他们的伟大都是照耀千古
的。你不知道自己是什么人，有什么福报可以住大房
子、吃肥食甘、连碗筷都镶着宝石、穿着绫罗绸缎呀！

莲池大师虽是对古人的警训，也很适合现代的人，
特别是对在衣食住行追求奇技淫巧的台湾人，更应该反
省。他的《古语四颂》则是：

大音希声——不音之音，名曰至音。况况
寂寂，吼动乾坤。无叩而鸣，古人所箴。学道
之士，默以养真。

　　大器晚成——不器之器，名曰上器。积厚养深，一出名世。欲速不达，古人所刺。学道之士，静以俟势。

　　大智若愚——不智之智，名曰真智。蠢然其容，灵辉内炽。用察为明，古人所忌。学道之士，晦以混世。

　　大巧若拙——大巧之巧，名曰极巧。一事无能，万法俱了。露才扬己，古人所少。学道之士，朴以自保。

　　这是对学道者的开示，不过，仔细想想，真正的"大"确应该如此，大音希声、大器晚成、大智若愚、大巧若拙，是在大里有一种澄澈、静默、明晦、朴实的滋味，是大得结实而有无穷的力量，不能像种水果，只要外表大就好了。

　　可惜，大音希声，其谁能闻?

春夏秋冬

带孩子到百货公司，到处都挂着打折的招牌。

"为什么要打折呢？"孩子好奇地问。

"因为换季了。"

"什么是换季？"

"换季就是一个季节换成另一个季节，像现在是夏天要变成秋天了，天气要开始冷了，短袖的衣服要推销出去，所以要换季打折。"我说。

"那么，什么是夏天，什么是秋天呢？"孩子天真地问，却使我感到吃惊，因为想不出什么叫作夏天或者秋天，就决定与孩子来谈谈四季。我带着孩子找到一处可以喝咖啡的地方坐下，准备好好给他上一课。

"你记得前一阵子很热吗？一定要吹冷气才睡得着觉，这种很热的天叫夏天。"

孩子点点头。然后我说起去年我们住在乡间山上的冬天，整日寒风怒号，夜里常生一炉火，在炉边取暖，有时跑到草原去晒太阳的日子，那就是冬天了，我对孩子说，他也点点头。

"可是春天和秋天呢？"孩子说。

"春天就是冬天之后夏天之前百花盛开的时候，秋天就是夏天之后冬天之前天很蓝云很高的时候。"

"爸爸，你刚刚说夏天很热，说冬天很冷，春天说到花，秋天却说到云，冷热和花云怎么能相比？到底春天和秋天是冷不冷？"

"春天和秋天是不冷不热。"

"这两个都是不冷不热，到底有什么不一样？而且两个都和夏天冬天接在一起，是怎么接的？"对于孩子的问题我震了一下，我们成人觉得四季是一种自然的演变，反而很少去思考其中的相异，孩子内心则充满疑问。

我说："春天是比秋天温暖一点点，秋天则比春天凉爽一些。因为接在冬天后面，所以春天先冷后热；秋天是先热后凉。在春夏秋冬之间并没有界线，就好像我们爬楼梯一样，是慢慢发展的，而不是睡一觉，醒来就发现是冬天了。我们从一棵树可以看出四季，发芽的时候是春天，很绿的时候是夏天，叶子黄了是秋天，掉了叶子就是冬天！就像我们乡下路边的菩提树一样。"

孩子两只胖手撑着脸颊，专注地看着我，思考着四季的问题，突然，他的眼睛里闪过一道光，叫着说："我知道了，我知道了，春天和秋天是比较凉爽的夏天，还有比较温暖的冬天！"

孩子眼中的闪光一下穿进我的心坎，是呀，其实四季、时间、生命、轮回都没有断灭相，春夏秋冬是以一种绵密的姿势向前推进着，我们所见到的一切断灭是我们的分别，在孩子的眼中，一片纯净，春天是凉的夏季，秋日是温暖的冬天，这使得四季都变得亲切可喜了。

"爸——"我又陷进不可救药的玄想中，孩子摇着我的手说，"在这个比较凉爽的夏天，你可不可以请我吃一个冰淇淋？"

带孩子去买冰淇淋，我买了两份，自己也吃了一个，吃的时刻感觉到生命真好，就在此刻，秋天已经来了，正是较凉的夏与较温暖之冬。

冬天也快来了，从秋天再往台阶上跳一格，冬天也只是很凉快很凉快，像坐在冷气房中的夏季吧！事无定相，因缘如流，如果在心里有春天，那么夏天是较温暖的春天，秋天是较清爽的春天，冬天是较凉快的春天，日日好日，季季如春，我们就能雀跃欢腾一如赤子。有了冰淇淋吃的孩子已经完全忘记春夏秋冬的争辩，看着孩子，我心里突然浮起一首诗："终日寻春不见春，芒鞋踏破岭头云。归来偶遇梅花下，春在枝头已十分！"

　　一个人到处去找春天，找到草鞋都踏破了，才发现春天是在梅花盛开的内部，春是冬的接棒者，是从最寒冷的地方起跑的。

　　这样想，就会知道无门慧开禅师关于四季的偈是多么充满了智慧：

> 春有百花秋有月，
> 夏有凉风冬有雪。
> 若无闲事挂心头，
> 便是人间好时节。

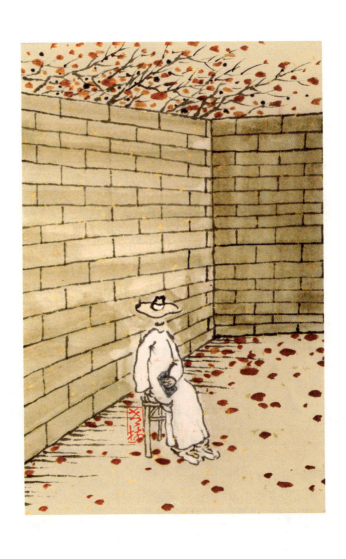

如来的种子 🌸

我读过好几部佛经，常常为其中的奥义精深而赞叹着，可惜这些佛经总是谈出世的道理，认为世上的一切都是空的，很难运用到实际的生活里来，对一个想要入世又喜欢佛道的人总不免带来一些困惑。

黄檗禅师说法里有这样一段："心若平等，不分高下，即与众生诸佛，世界山河，有相无相，遍十方界，一切平等，无彼我相。此本源清净心，常自圆满，光明遍照也。"把一个人的"心"提到与众生诸佛平等的地位，稍微可以解开一些谜团。

一个人的心在佛家的法眼中是渺小的，可是有时又大到可以和诸佛相若的地位。在新竹狮头山的半山腰上有一块巨大的石壁，壁上用苍润的楷书，写上"心即是佛"四个大字。同样的，在江苏西园寺大雄宝殿里也有四个大字"佛即是心";不管是心或佛摆在前面,总是把人的心提升到很高的境界。

其实,这四个字学问极大,它有十六种排列组合,每一种组合意义几乎是一样的,以心字开头有四种组合:"心即是佛,心是即佛,心佛即是,心即佛是。"以佛字开头也有四种组合:"佛即是心,佛是即心,佛心即是,佛即心是。"几乎完全肯定了心的作用,佛在这里不再那么高深,而是一切佛法全从心念的转变中产生;明白了这个道理,可以不再从"空"的角度在经文中索解,有时一个平常心就能在佛里转动自如了。

我最喜欢的讲佛法的一段是《维摩经》里的一段,维摩诘问文殊菩萨说:"何等为如来种?(什么是如来的种子?)"文殊说:"有身为种,无明、有爱为种,贪、恚、痴为种,四颠倒为种,五盖为种,六入为种,七识处为种,八邪法为种,九恼处为种,十不善道为种。以要言之,六十二见及一切烦恼,皆是佛种。"

文殊并且进一步解释:"是故当知,一切烦恼,为如来种。譬如不下巨海,不能得无价宝珠。如是不入烦恼大海,则不能得一切智宝。""譬如高原陆地,不生莲华,卑湿淤泥,乃生此华。"

在这里，文殊把人世间烦恼的意义肯定了，因为有一个多情多欲的身体，有愚昧，有情爱，有烦恼才能生出佛法来，才能生出如来的种子，也就是"若有缚，则有解；若本无缚，其谁求解？"把佛经里讲受、想、行、识诸空的理论往人世推进了一大步，渺小的人突然变得可以巨大，有变化的弹性。

在我的心目中，佛家的思想应该是瘸子的拐杖、顽者的诤言、弱者的力量、懦者的勇气、愚者的聪明、悲者的喜乐，是一切人生行为中的镜子。可惜经过长时间的演变，讲佛法的"有道高僧"大部分忽略了生命的真实经验，讲轮回、讲行云、讲青天、讲流水，无法让一般人在其中得到真正的快乐。

我过去旅行访问的经验，使我时常有机会借宿庙宇，并在星夜交辉的夜晚与许多有道的僧人纵谈世事。我所遇到的僧人并不是生来就是为僧的，大多数是在生命的行程遇到难以克服的哀伤、烦恼、挫折、痛苦等，愤而出家为僧，苦修佛道。可是当他们入了"空门"以后，就再也不敢触及尘世的经验，用这些经验为后人证法，确实是一件憾事。

印象最深的一次是我住在佛光山，与一位中年的和尚谈道。他本是一名著名大学的毕业生，因为爱情受挫，顿觉人生茫然而遁入空门，提到过去的生命经验他还忍不住眼湿，他含泪说："离开众生没有个人的完成，离开个人也没有众生的完成；离开情感没有生命的完成，离开生命也没有情感的完成。"也许，他在佛说里是一个"六根不净"的和尚，但是在他的泪眼中我真正看到一个伟大的入世观照而得到启发，他的心中有一颗悲悯的如来的种子，因为，只有不畏惧情感的人，才能映照出不畏惧的道理。

心有时很大，大到可以和诸佛平等，我们应该勇于进入自己的生命经验，勇于肯定心的感觉，无明如是，有爱如是，一切烦恼也应该作如是观。

关于颜色

在报纸杂志上，我们时常会看到关于颜色的研究，譬如喜欢穿什么颜色的衣服、用什么颜色的餐具，乃至开什么颜色的汽车，都可以追索到我们的性格与个性。

很多的心理学家、社会学家、人类学家花许多时间来研究、分析，以便让大家按图索骥，来回看自己的性格。

几天前，我看到了一个社会学教授从人使用的汽车颜色来推定人的个性，结论大致是这样的：

红色——最善于处理危机或压力，因你充满活力，人们都乐于与你为伍。

黑色——你绝不会被生活困境打倒，因为自信和勇气是你的两大特质。

白色——你务实而真诚，面对压力仍能泰然处之，永远对未来抱乐观的态度。

黄色——你个性温馨开放，乐于助人，精神永远保持在活泼的状态。

蓝色——你天生乐于助人，为朋友不惜两肋插刀。

绿色——你富于想象力和创造力，开放，而能容纳别人的意见。

银色或金灰色——你是天生的领袖，为自己设定极高的价值观。

金色、棕色、铜色——你热爱美好事物，对所用的物品只要经济能力许可，一定使用上品。

混合色——你能兼顾事物的正反两面，当人们有争论时，常常征询你的意见。

我每次读到这样的"研究报告"，都忍不住失笑，因为不管我们选用的是什么颜色的车子，都会觉得这个研究有理，那是人都喜欢被赞美，那些心理学家与社会学家至少很了解这一点，所以不管你喜爱什么颜色，你都是没有缺点的。

其次，使我失笑的原因是，现代人都太忙碌了，他们不希望多费脑筋，而是渴望一些简单的答案，学者们用许多时间、精神做复杂的研究，却提供简单的答案，但大家忘记了，这些答案根本是明白地摆在眼前，不需要绕着迷宫来寻找。

最后，我们也看见了，颜色与颜色之间虽是那么不同，但是它通向的结论是很接近的。这使我们思考到更重要的问题，人是可以同时喜欢各种不同的颜色，或者说人的身心里本来就有很多的颜色。

依照佛教的说法，这个宇宙有多少颜色，在我们的身心里就有多少颜色，而我们所选择的颜色则是我们性格的一部分展现。《心经》里说："色即是空，空即是色，色不异空，空不异色。"就是这个道理，此处的"空"不是"虚无"，而是身心的"空性"，色自然也不只是颜色，而是一切形相的显现。

我们自知自己喜欢的颜色，甚至分析出这些颜色与性格的关联，一点也不重要。重要的是找到颜色的执著，去突破它，找到与"形色"相应的那个"空性"，使我们有一种清明的对应。

我们能生长在一个颜色缤纷的环境是值得感恩的，因为许多人没有这样的因缘；我们张开眼睛就能分辨颜色是值得感恩的，因为许多人没有这样的机会。

所以，我们不要只去找外面的形色，也要张开内在的眼睛，看清自己；我们也不要只张开眼睛观察世间的真相，更要闭着眼睛时，也能探索宇宙的一切智慧。

不管我喜欢什么颜色，让我富于想象与创造力，热爱美好事物，为自己设定极高的价值观。

让我充满活力、乐于助人、务实而真诚、自信而有勇气，永远抱着乐观的态度。

让我温馨开放，能容纳别人的意见，面对压力时泰然处之，能兼顾事物正反两面的思考。

让我热爱这个世界，关怀这世界的每一众生！

让我充满感恩，努力向上，使一切众生一切世界都成为上品！

柔软的耕耘 🦊

　　童年时代，家里务农，种了许多作物，不管是要种什么，父亲带我们做的第一件事情就是翻松土地。

　　如果是种稻子或甘蔗，就用牛犁，一行一行地把土地翻过来，再翻过去，最少要把两尺深的硬土整个松过一遍。父亲的说法是："土地是有地力的，种过的土地表层已经耗去地力，所以要把有地力的沙土，从深的地方翻出来。而且，僵硬的土地是什么作物也不能种植的，柔软的土地才是有用的土地。"

　　如果是尚未种过的土地，就要用锄头松土，因为怕牛犁损坏了。先要把地上的杂草拔除，然后一锄一锄地掘下去，掘起来的土中夹着石头，要把石头拾到挑篮里。这些石头被挑到田畔去做水圳，以利灌溉和排水，并保护土地。

第一次耕种的土地要掘到四尺深，工作是非常繁剧的。

"为什么要掘这么深？"有一次我问父亲。

他说："不管是种什么作物，根是最要紧的，根长得深，长得牢固，作物的生长就没有问题。要根长得深和牢固，就要把石头和野草的根彻底地除去，要使土地松软。土地若是不松软，以后撒再多肥料也没有用呀！"

童年松土的记忆深埋在我的心里，知道强根固本的重要，但若没有柔软的土地，强根固本也就成为妄谈。人也是和土地一样，要先把心地松软了，一切菩提、智慧、慈悲，以及好的良善的品性，才有可能长得好。即使是年年长好作物的农田，也要每年除草、松土，才能种新的作物。

因此，一切正面的品德，最基础和根本的就是有一颗柔软的心。

柔软心在佛教的经典里常被提到，例如把十地菩萨的第五地称为"柔软地"。如来常教我们要有柔软的心、柔软的行为、柔软的语言；要柔顺、柔法、柔和忍辱、柔和质直。

例如在《法华经》里，佛就说柔和忍辱是如来的心，如果一个人有柔和忍辱的心，就可以防止一切嗔怒的毒害，如衣服可以防止寒热一样。佛说："如来衣者，柔和忍辱心是。""诸有修功德，柔和质直者，则皆见我身，在此而说法。"

例如在《大集经》里，佛说："于众生中常柔软语故，得梵音相。"因而把如来温和柔软的声音，称为清净殊妙之相。

什么是柔软心呢？就是不执著、不染杂、不僵化、能出污泥而不染的心。是指慧心柔软的人，能随顺真理，既能随顺人的本性不相违逆，又能与实相之理不相乖违。所以在《十住毗婆沙论》里说："柔软心者，谓广略止观相顺修行，成不二心也。譬如以水取影，清净相资而成就也。"那么，柔软心也可以说是不二的心，不分别的心，清净的心。

有柔软心的人才能真正地生起道德，也才能以这种柔软使别人生起道德。贤首菩萨曾说："柔和质直摄生德。"意思是慈悲平等，质直无伪的人，才能摄化众生进入正法。

我们都知道，佛教里以清净的莲花，作为法的象征。莲花的十德里第五德就是："柔软不涩，菩萨修慈善之行，然于诸法亦无所滞碍，故体常清净，柔软细妙而不粗涩，譬如莲花体性柔软润泽。"（《除盖障菩萨所问经》）所以，莲花也叫作"柔软花"。

据说在天界最鲜白柔软的花曼殊沙华，也叫作"柔软花"。不知道莲花与曼殊沙华是不是相同，但是把人间、天上最美的花都叫作"柔软花"，可以见到其中深切的寓意。在西方净土诞生的人不也是在莲花上化生吗？可见，柔软，是独步于天上、人间、净土的。一个真正柔软心的人，在任何地方都是出入自在。传说地藏菩萨在地狱行走的时候，焚烧人的烈焰，一时之间都化成柔软美丽的红莲花来承接他的双足呀！

有柔软地才会耕耘出柔软心，不是来自印度的观念，中国本来就有。

传说老子的老师常枞要死的时候，老子去问法，请老师说出最后的教化。

常枞缓缓张开嘴巴，叫老子往嘴巴里看，问老子说："你看见什么？"

老子说："我只看见舌头。"

常枞说："牙齿还安在吗？"

老子说："牙齿都没有了。"

常枞说："这就是我给你上的最后一课。"

老子又问："而今而后，我要向谁请教？"

常枞说："你要以水为师，你可看河床的石头虽然坚硬无比，不久就被水穿成孔、流成槽了。"

说完，常枞就仙逝了。

这是中国古代讲柔软心的动人故事。常枞"以水为师"的教化可以和佛圆寂时说的"以戒为师"相互比美。以水的柔软为师，能知道天下最坚强的就是柔软；以戒的清净为师，能知道天下最有力量的是清净。

老子以水为师，说出了千古的真意："守柔曰强。""弱之胜强，柔之胜刚。""天下莫柔弱于水，而攻坚强者莫之能胜。""江海所以能为百谷王者，以其善下之。"老子是通达柔软心的真实开悟者。

柔软的水才能千回百转，或成平湖，或成瀑布，或成湍流，天下没有可以阻挡的；柔软的土地才能生机绵延，或在平原，或在奇峰，或在污泥，都能展现生命的活力；柔软的心才能超越人生世相，或处痛苦，或陷逆境，或逢艰危，都能有着宽容、感恩、谦卑、无畏的心情。

故知柔软心是觉悟、是菩提、是般若波罗蜜多，是成就一切法门的根本心，也是一切法门成就的境界。

当我们说到修行，修行就是不断地松土、除草、捡石头，使土地维持在最好的状况吧！土地如果在最好的状况，随便撒一把种子，生机就会有无限的绵延。

童年松土的时候，时常会踩到石头跌伤，锄伤自己的脚踝，被虫蚁咬肿，甚至偶遇西北雨，回家就感冒了。但只要知道那是使土地柔软所必须付出的代价，就能安于刺痛、锄伤与感冒。

每年，在土地完全翻松的时候，我站在田岸上，看着老牛吃草，白鹭鸶在土地上嬉戏，就仿佛已看见黄金色的稻子在晨风中点头微笑，看见了油菜花嫩黄的颜彩上有彩蝶翩翩，看见了和风吹抚在翠绿的芋叶上，夕照前的晚霞横过天际……

在土地翻松那一刻，我们已看见收成的景致呀！一个人有了柔软心也如是，仿佛闻到了《法华经》说的"花果同时"的芬芳！

季节之韵

　　在这冬与春的交界，有时候感觉不是一季要变为另一季，而是每天就是一季，尤其是天气如此阴晴不定，昨天才冷得彻人，今天就要换上夏衫，以为从此就是好日子了，明天又是一道冷锋，悄悄地从远方袭来，这时候会想起憨山大师的一首禅诗：

　　　　世界光如水月，
　　　　身心皎若琉璃。
　　　　但见冰消涧底，
　　　　不知春上花枝。

　　春上花枝确实是一种"不知"，它仿佛是没有预告的电影，默默地上映，镜头一瞥，就是阳光灿烂，花团锦簇了。

比较长期而固定的剧本，是百货公司打折的招牌，从八折、七折、五折、三折，忽然打到一折了，那打折的不仅是服装，也是一点一点在飘去的冬季，冬季都打到一折了，春天就要从那谷底生发出来。

百货公司彻底的打折，是一种季节的预告，也是一种欲望的牵引。其实我们冬季的衣服已经够穿，而今年再也没有机会穿，却因为打折，满足了我们对明年的冬季有一种欲望的期待，许多人因此花很便宜的价钱买下要封存整季（或者更久）的服装。表面上看来，或者今年的冬天不必再添置新装，但到了冬天，我们又会有新的欲望、新的渴求，也因此，打折是永不休止的。

对于服装的价格与美学，因为打折而被混淆了。本来我们应该选择那些精美的服饰，买上少数的几件，却往往因为贪求便宜，而买了许多品质不是很好，自己不是很喜欢的东西。由于外在环境的打折，我们对于美的要求也随之打折，心灵也跟着打折了。

其实，对于季节，或是心灵的创发，我们应该有一种决然的态度，也就是把全部的精神力投注于某一个焦点，以生命来融入，既不留意去年冬季的残雪，也不对今年的冬天作过度的期待，现在既然是春天了，与其逛街去闲置冬装，还不如脱下重装，体验一下春天的自由与阳光。因为去年的冬天已不可追回，今年的冬季则还寄放在乌何有之乡。

有一个禅的故事可以说明这样的心情：

一粒榕树的种子偶然落在地里，它对自己生命的未来感到迷惑，抬起头来看见一棵百年的榕树——它的母亲——正昂然地站立在蓝天的背景下。

种子说："妈妈，您怎么能如此伟大地站立在大地之上呢？"

榕树说："这不是伟大，只是一种自然的生长呀！我们在季节中长大，吸收雨露阳光，甚至接受狂风与闪电的考验，每一粒榕树的种子，只要健康就会长大，你也一样呀，孩子！"

种子说："可是，妈妈！为什么我一直都住在如此阴暗潮湿的土地呢？我要如何才能像您一样挺立呢？"

"首先，我的孩子，你必须要消失，把自己融入泥土里，然后发芽，变成一棵树，有一天你就能像我一样，享受蓝天、阳光与和风呀！"

"妈妈，我要先消失，这多么的可怕呀！万一我消失融入土里，没有长成一棵树，而变成一点泥土呢？这样太冒险了，还是让我保留一半是种子，一半长成树木吧！"

种子于是自己做了这样的主张，只选择了一半的消失，妈妈长叹一声。不久，那榕树的种子变成泥土，完全地消失了。

生命的成长、季节的成长也是这样子决然的。一个人如果没有全身心投入于此刻的融入，真实的发芽就变成不可能。放下一半的自我，不会是全然的自我。一株花如果不用全心来凋谢，就没有足够的养分长出树叶；一粒种子如果不全心地来消失，就不会从内在最深处长出芽来。

因此，我们的生命不能打折！

大慧宗杲禅师也有一首优美的诗来说这种心情：

> 桶底脱时大地阔，
> 命根断处碧潭清。
> 好将一点红炉雪，
> 散作人间照夜灯。

　　季节里年年都有冬季，人生里不也是常常面对着寒冷的冬季吗？泉自冷时冷起，峰从飞处飞来。在那无限的轮替之中，有没有一个洞然明白的观照呢？

　　人间照夜的灯火，是来自红炉中雪融的时刻。让我们以一种泰然欣赏的态度走过打折的市招，让我们知道生命的真实之道，是如实知见自己的心，没有折扣！

云在天，水在瓶

药山惟俨禅师有一次和弟子参禅的时候，弟子问他说："达摩未到此土，此土还有祖师意否？"

药山说："有。"

弟子又问："既有祖师意，又来做什么？"

药山说："只为有，所以来。"

对禅宗来说，这是一个很有意思的公案，"祖师意"就是"祖师西来意"，或简称"祖意"，是指教外别传的禅，也就是直指心印的禅。在禅宗弟子的心目中，可能或多或少会生出这个念头：禅宗为什么是中国特有的产物，在印度反而没落呢？我们称达摩（古籍又作达磨）为禅宗的初祖，那么，在达摩还没有来中国之前，中国有没有教外别传或直指心印的禅呢？

对这一点，药山惟俨肯定地说明了，在达摩未来之前，中国就有禅了。既然有直指心印的禅，达摩又来做什么？

"只因为中国有禅，达摩才来呀！"这话里含有许多玄机，一是禅是人所本有的，达摩只是来开发而已。二是如果没有能受传的人，达摩如何来教外别传、直指心印呢？三是中国会发展禅宗，根本是因缘所成。

达摩未来中国之前，或在达摩前后，中国就有一些伟大的禅祖，像竺道生法师、道房禅师、僧稠禅师、法聪禅师、南岳慧思禅师、天台智颤大师等，他们虽不以"禅宗"为名，所修习的却是禅法，可见在达摩禅师还没有到中国传禅法，中国禅已经萌芽，正如酝酿了丰富的油藏，达摩祖师来点了一把光明的火把，继而火势旺盛，就照耀了整个中国。

即使在达摩之后，禅宗之外的宗派也出过伟大的禅师，例如天台宗的左溪玄朗、华严宗的清凉澄观和圭峰宗密，以及没有任何宗派的昙伦禅师、衡岳善伏禅师等。这一点使我们相信不只是禅宗里才有禅，也进一步说明了在达摩祖师之前，禅就在中土存在了。

禅是怎么样存在着的呢？我们再来看一段药山惟俨禅师的故事。朗州刺史李翱很仰慕药山的大名，一再派人请他来会面，药山禅师相应不理，李翱只好亲自到山里去拜谒，禅师却仍然看着手里的经，连一眼也不看刺史。

李翱的侍者很心急，就对药山说："太守在此。"药山仍然不应，李翱看他如此无理，就说："唉！真是见面不如闻名。"

禅师这时才开口说："太守！你怎么贵耳贱目呢？"李翱听了有悟拱手道谢，又问："如何是道？"禅师用手指指天上又指指地下，问："会了吗？""不会。"禅师说："云在天，水在瓶。"

李翱欣然作礼，而作了一首有名的偈：

练得身形似鹤形，千株松下两函经。
我来问道无余说，云在青天水在瓶。

禅的存在是多么明白呀！是像白云在天上、水在瓶子里一样的自然本有，只是有人看青天看不见白云、看瓶子没看到水罢了。

我现在来仿本文开头的公案，就更明白了：

有人问我："人还没有学禅时，他心里有没有禅？"

我说："有。"

他又问："既然有禅，又修行做什么呢？"

我说："只因为有，才要修行呀！"

不修不学，怎么知道自己本来有禅呢？

开悟鞋垫

要搭飞机去南部，在台北松山机场候机的时候，突然走来一位相貌慈和、头发花白的老先生坐到我身边。他手里拿着一本《唯识》，说："你读过《唯识》吗？"

"读过一点点。"我说。

他一副直指人心的样子说："那么，你认为人的开悟是可能的吗？"

我点点头，重复他的话说："我认为人的开悟是可能的。"

"不过，一般人觉得开悟是很难的事，而讲开悟的人也常把开悟讲得太玄了，我倒是有一个非常简单的方法使人开悟。"老先生充满自信地说。

当一个人讲到有很简单的方法使人开悟，总是使我感兴趣，我说："你有什么简单的方法使人开悟呢？"

老先生开心极了，说："我在远远的地方看到候机室的人群，就知道你是有慧根的，果然不出我的意料，你对开悟有兴趣。"

然后，老先生打开他随身携带的皮箱，拿出一副鞋垫来，他说："这鞋垫叫作开悟鞋垫，是我自己发明的，你不要看它薄薄的一片，是非常有功效的。只要穿上我的开悟鞋垫，就会得到源源不绝的快感，打开你的灵台、冲破你的盲点，使你进入快乐三昧，很快地得到开悟。"

老先生源源不绝地讲了一大串，我听了觉得好笑，就好像听魔毯的故事一样，他看我有点不信的样子，着急地说："当然，开悟用讲的是不准的，要用体验的才准，你把鞋子脱下来，体验一下就知道了。"

说着，作势就要来脱我的鞋子，引起旁边旅客的侧目，我说："我自己来。"

我把鞋子脱了，老先生把鞋垫放到我的鞋里："来！来！体验一下！"

我把鞋子穿起来。体验了半天，一点也没有什么异样，当然更别说开悟了。老先生颇为期待地说："怎么样？有没有快感？"

"没什么特别的感觉。"我老实地说。

他面露失望："怎么会呢？许多人一穿就有感觉了，可能你穿的时间太短，你买一双穿，保证有感觉，如果穿一个星期还没有感觉，就把鞋垫反过来穿。"

"你刚刚不是说可以开悟吗？现在怎么变成感觉了，穿所有的鞋垫都会有感觉呀。"

"年轻人！你不懂，三昧就是一种快感呀！"

这时候，广播里播出登机的时刻到了，老先生更着急，这时他不讲开悟了，他央求着："买一双吧！这是我自己研究发明的，如果没有效，下次你来松山机场找我，我都在这里的。"

我说："这开悟鞋垫一双多少钱？"

"一千元。"老先生说。

我以为听错了，又问过一次，确定是一千元。我说："老先生，不是我不想开悟，一千元实在太贵了。"

他看我要去赶飞机，拉住我："那这样好了，算你一双五百元。"

我摇摇头。

"年轻人！这样吧，就算你帮我忙，五百元你买一双，我再送你一双，今天一整天我都没卖出一双呢！"

后来，我买了一双开悟鞋垫，又附送了一双，我想，一个人年纪大了，还要到机场推销自己发明的东西，这勇气就值得五百元的鼓励了，虽然我知道那非关开悟。

到高雄的时候，朋友来接飞机，我当场把老人附赠的一双开悟鞋垫送给朋友，我说："穿上这鞋垫就会得到源源不绝的快感，打开你的灵台、冲破你的盲点，使你进入快乐三昧，很快地得到开悟。"

朋友看我说得认真，忍不住笑，半信半疑地问："是真的还是假的？"

"当然是假的，如果这世界真有使人会开悟的鞋垫，菩萨就不必出去普度众生，只要去卖鞋垫就好了！"我说。

但从这一件事使我们知道现代人是多么渴求开悟呀！不只是开悟鞋垫，以前有人送我一种茶，说是得到特别的加持，喝了就会开悟。还有人送我一束香，说常焚这种香，闻久了会心开意解，得到开悟。有人介绍我去见伟大的师父，说他只要看你一眼，就会开悟。有人拉我去见伟大的居士，说这个世界只有他有能力印证别人的开悟。

　　开悟，在这个世界变成速食面、即溶奶粉、三合一咖啡一样的东西，一冲就好，立即享用。也像马桶堵塞时的通乐，倒一点下去，一通就乐。也由于人们速求开悟，反而失去了自觉与反省的精神。开悟的俗化，使人听到开悟时哈哈一笑，说不定将来我们可以推出一系列的商品，例如"开悟大厦""开悟家具""开悟衬衫""开悟汽水"，或者开悟什么的。

　　什么才是真实的开悟反而没有人在意，很少人愿意去追求了。

　　开悟最原始的意义，是反转迷梦为"开"，生起真实的智慧为"悟"。与"开悟"相当的名词有证悟、悟入、觉悟等。

　　从悟的程度来看，悟到一分称为"小悟"，悟到十分叫作"大悟"，所以古来的修行人常有"小悟数十回，大悟三五回"的自述。

　　从悟的快慢来看，慢的叫"渐悟"，快的叫"顿悟"，因此产生了修行上渐悟渐修、渐悟顿修、顿悟渐修、顿悟顿修的四种层次。

　　从悟的智解来看，解知人可以转迷得悟的道理叫"解悟"，由修行实践而亲自体验叫"证悟"。

我们可以这样说：佛教修行的目的在求开悟，菩提和涅槃是所悟的智和理，菩提是能证的智慧，涅槃是所证到的真理。证悟者，在大乘称为佛，在小乘称为阿罗汉。

小乘的开悟者，是断除了三界的烦恼，证到苦集灭道的涅槃之境。

大乘的开悟者，是证见了真理，断除了烦恼的扰乱，圆具无量妙德，应万境而施自在之妙用。

以上是从佛学辞典抄录下来对"开悟"最简单的定义。然后我们就会发现，不论是小乘或大乘的开悟，远非一双开悟鞋垫或一斤开悟茶叶所能为力。一般人寻求外力的开悟，却不愿意面对自己的烦恼，只是由于不肯承担罢了。

世间先有能悟之人，才有可悟之事；先有开悟之心，才有可悟之境；先有明悟之理，才能在事与境上炼心。这是多么明白的道理呀！

我们不必到处去寻求开悟的情境，而应该回来观照自己的心，当我们有觉知的心，看青山才知冬天里的青山只是被雪覆藏，看湖水才知春日里的湖水只是被风吹皱，青山与湖水的本质并未变易或消失。

　　开悟的鞋垫我也穿了，开悟的茶水我也喝了，但人世的烦恼与苦痛我仍然如是面对，那是我知道在波动与扰攘的世情中，唯有照管自己的身心，才是走向圆满最重要的道路。

拥有

星云大师退位的时候，许多人都为他离开佛光山而感到惋惜，他说了一段非常有智慧的话，他说：

"佛光山如果要说是属于我的，就是属于我的。因为大自然的一切，小如花草清风，大到山河大地，如果你认为是你的，它就是你的了。

"佛光山，如果要说不是属于我的，就不是属于我的。因为不要说佛光山这么大的园林，不能为个人拥有，即使是自己的身体也不是自己所拥有的。"

我说这两段话很有智慧，是由于大师真正彻悟地照见了人生的本质，人具有两种本质，一种是极为壮大开阔的，一种又是极端的渺小和卑微。在心念广大的时候，我们可以欣赏一切、涵容一切，可是比照起我们所能欣赏与涵容的事物，我们又显得太渺小了。

　　明了了这一层，一个人对事物的拥有是应该重新来认识的。我们常在心里想着："这是我的房子，这是我的车子，这是我的土地，这是我的财产……这个是我的，那个也是我的。"因为我们拥有了太多的东西，所以害怕失去，害怕失去才是痛苦的根源，所以有了拥有，就有了负担，就不能自在。

　　到了年老体衰，即使拥有许多东西，但不能享用，也就算失去了；最后两手一摊，不管放什么宝贝的东西也握不住了。

　　在佛经里，所有娑婆世界的一切，都不是用来拥有的，而是用来舍的，一个人舍得下一切则是真正壮大，无牵无挂；一个人拥有一切正是沉沦苦痛的源泉。

　　我们是入世的凡夫，难以直趋其境，但我们可以训练一种拥有，就是在心灵上拥有，不在物欲上拥有；在精神上对一切好的东西能欣赏、能奉献、能爱，而不必把好的事物收藏成为自己专有。能如此，则能免于物欲上的奔逐，免于对事物的执迷，那么人生犹如宽袍大袖，清风飘飘，何忧之有？

　　清末才子王国维曾在《红楼梦评论》中说："濠上之鱼，庄、惠之所乐也，而渔父袭之以网罟；舞雩之木，孔、曾之所憩也，而樵者继之以斤斧。若物非有形，心无所住，则虽殉财之夫，贵私之子，宁有对曹霸、韩幹之马，而计驰骋之乐，见毕宏、韦偃之松，而思栋梁之用，求好述于雅典之偶，思税驾于金字之塔者哉？"

说得真是好极了！当人看到鱼只想到吃，看到树就想要砍，看到大画家画的马也想骑，画的松树只想到盖房子……那么这些人就永远不能拥有鱼的优游、树的雄伟、马的俊逸、松的高奇种种之美，则其所欲弥多，随之苦痛弥甚，还能体会什么真实的快乐呢？

命脉

深夜与几位好友饮酒，不知道为什么就谈到徐志摩，一位朋友说："徐志摩是被胡适害死的。"

他这句话使我们都大吃一惊，徐志摩坐飞机撞死已是众人皆知的事，我们当然要问一问他为什么这么说。

他说："徐志摩本来与陆小曼在上海生活得好好的，是胡适坚持请他到北京大学去教书，他只好在京沪之间往返奔波，也才会导致后来在回上海的途中撞机死亡。如果胡适没有请他去北京教书，他也许就不会死亡了。"

我们听了很不以为然，另一位朋友说："倘若按照你这种说法，害死徐志摩的是陆小曼，不是胡适之。以徐志摩在上海三个学校教书的收入，应该可以过很安逸的生活，可是陆小曼挥霍无度，他只好到北京大学兼课，最后才会撞死。当然，婚后生活不美满也是原因之一，人在情绪不好的时候，什么事情都可能发生。"

我说："如果这么说，应该说是徐志摩害死了自己，他假如不是个浪漫主义者，不目光不明地追求陆小曼，后来也不会生出这么多的事情了。"

我们就围绕"徐志摩是被谁害死的"这个无聊的题目，做了很久的口舌之争。

最后有一个朋友激动地站起来说："徐志摩死得好！一个人得了盛名而在英年死去是最好的事。你们想想，如果徐志摩不死，生了一堆孩子，最后与陆小曼离婚收场，到底是什么景象？生在现代社会，坐汽车、乘飞机撞死是最幸福的事。试想，徐志摩当年死得痛快，也留下了他风流潇洒的形象，如果他老来缠绵病榻，瘦陋无比，我们心里将作何感叹！"

我们的这个争论当然是毫无意义的，可是从另一个方面说，却追索了徐志摩死前一些命运的基因，其中一个环节扣一个环节，好像任何一件事发生前都有必然的征兆，是不能勉强、不能逃避、不可推拒的。

真实人生中也是如此。

有果必有花，有花必有叶，有叶必有干，有干必有芽，有芽必有种，有种必有果。所有的一切都在那里循环，在那里呼应。我们可以单独看那些芽种和花果，但其中有不可切割的关系。

恐怕这就是命运的逻辑吧！

报道工作做久了，我常喜欢追问"为什么"，问久了，时常有惊人的发现——没有因的果一定是个谜题，或者是个谎言。多问"为什么"，实在有助于发现问题的真相。

我童年的时候生长在农场，养了许多动物，种了许多植物，我最喜欢观察它们生长的过程，我发现凡是有生命的东西都有它不可规避的脉络。

有一次，我们家的一头牛生病，不久就死了。过几天，又有一头牛患病死亡。大人们都说得了"牛瘟"，请兽医来打针检查，结果发现每一头牛的健康状况都良好。兽医离开后的那天下午，却又莫名其妙地死了一头牛。我每天放牛的时候就留神着这件事，看牛在哪里饮水，吃些什么草。后来我发现有一头牛吃了树薯叶子，回家后就病倒了，病情和以前的牛死去的情形一模一样，我得出一个结论：牛吃树薯叶子是会生病和死亡的。就这样，我们家的牛后来就活得健康而强壮。

这是我童年时代非常得意的一件事，这件事使我知道没有动物会无缘无故死亡，也没有人会无缘无故挫败。

最近，我有很多朋友遭到情感和婚姻的变故，我一直相信其中必有因果，也许那因果是残酷的，但也只有接受。

有一位朋友的未婚妻和别人结婚前写信给他，开头是："请相信，我是永远爱着你的；请相信，失去你是我这一生最大的遗憾；请相信，我们过去四年的相知相爱是多么和谐美好……"

朋友流泪拿那封信给我看，我看不下去，只有粗鲁地咒骂："都是狗屁！"

事后愤怒平息了，想想这些"狗屁"也有"狗屁"的道理，里面可以追出许多可悯或可笑的因果，可是我们中国人对于解释不清的因果，就用一个字来了结，这个字就是"缘"。好玩的是，世间竟充满许多变异无常的、啼笑皆非的"缘"。

我认为，一个常常思考因果的人一定会在经验中得到可贵的教训，使自己清醒，也使别人清醒。因为了解"因果"，可以使心得到均衡，可以体会到做人的质量（知所善恶），可以明白做人的重量（知所警惕），一个人在能洞彻因果的时候，他就完成了。

命运是可信的东西，但不是牢不可破的。

有的人命不好，运好，一定有使他运好的因；有的人命好，运不好，也一定有使他运坏的因。这样想时，徐志摩的死，朋友的情感大变，也都能洞彻了。

原来，这个世界充斥着的是命好运不好的人！

真实的慈悲弥足珍贵

我记得从小开始，每次我要出门时，妈妈一定会说："小心点！"后来，我开车了，出门她一定不忘说："开车要小心点！"我也每次都说："知道了。"今年过年，我回家探望妈妈，我在高中任教的哥哥说，他每天要到学校上课时，妈妈都会叮咛他："开车小心点。"后来，他们两人就变得很有默契，每次他临出门，说完："妈，我要去上课了。"不到一秒钟，母子两人就会不约而同地说："开车要小心点。"

我还有一个弟弟在报社当记者，他每天要上班时，我妈妈也会嘱咐他："开车要小心！"这就是"老婆心切"，同样的一句话为什么要一再重复，一再提醒？因为这是很重要的事情。

我们看大乘的佛经，每一部都告诉我们要有慈悲心，要有智慧，要戒定慧，要闻思修等，为什么要一再重复呢？就是"老婆心切"，禅宗常常讲到"婆心"，也就是"老婆心切"的简称，一个人学佛有点心得时，就会变成老太婆一样的心情，看到别人都讲同样的话，就像妈妈一样，每天都要说："开车要小心点。"

回过头来说，"慈悲智慧"这四个字真的非常重要，如果慈悲和智慧无法开启的话，学佛就有点白学了。当我讲到这四个字时，常想起妈妈叮咛的神情，也想到在这个世界上，最重要的东西莫过于生命，如果我们开车时，不小心丧了命，那就什么事也不用再谈了，同样的，如果一个佛教徒失去了悲和智，那么也别谈什么佛法了。因为失去了悲和智，就如同一个人失去生命，没有了下一步。

最近一两年，我经常感到很惶恐，那就是我在讲慈悲和智慧时，无法真实呈现它的面貌，所以自己在讲的时候感觉空空荡荡，别人听来也觉得不能落实，好像是老生常谈。听久了失去新鲜，慈悲和智慧也就失去它的意义，就像妈妈告诉你："出门要小心。"你听了也就算了，开起车来照样横冲直撞，有时候撞得头破血流，才知道原来妈妈讲的话是从生命的体验中得到的。慈悲和智慧也是如此，虽然讲来平常，却是至关重要。

记得六七年前，我还在报社服务，那时候年轻，喜欢耍帅，就买了一部雷诺橘红色滚金边的跑车，当时那部跑车在台湾可说是独一无二。我每天开着快车到处乱跑。有一天，到乡下吃尾牙，带着酒意开车要回台北，由于酒醉又车速太快，很不幸撞到路边两棵行道树，自己也撞得头破血流。下了车，我看到倒下的树上面挂了一个牌子："此处车祸多，驾驶请小心。"当时，我心底非常懊恼，也想到从前开车经过此地时常常看到这个牌子，却没有特别的感受，等到撞车后才知道，原来这个牌子非常重要。

所以，当我们在面临生命的困境、挫折、打击时，才知道智慧和慈悲的重要。也只有在学佛有点心得，并且在生命里受到很多愚蠢的折磨和刚强的教训时，才知道它不是空话，而是非常真实。然而，对于一个刚开始起步学习佛道的人来说，慈悲和智慧却是非常难理解的，为什么呢？其中有两个原因：第一，因为慈悲和智慧在外表难以检查；第二，慈悲和智慧在内心难以验证。

为什么外表上难以检查呢？举个例子，宋朝诗人苏东坡是一个虔诚的佛教徒，他有一个爱妾受到他的感化，也成为佛教徒，这个妾非常喜欢放生，也因此得到慈悲的名声。有一天，她又出外去放了很多生灵，累了一天回到家里，看到院子里有一群蚂蚁正在吞噬掉落在地上的糖，这个妾毫不犹豫地一脚抬起，将所有的蚂蚁全部踩死。苏东坡在一旁正好看见了，就对她说："你这样放生有什么用？你的心里根本没有生命和慈悲的观念。"他因此非常感叹地说："真实的慈悲是非常困难的，在外表上难以检查。"也就是说，从外表上很难看出一个人是否慈悲。假定一个人乐捐一百万元，是不是就表示他很慈悲呢？不一定的。对家产上亿的人而言，布施一百万元就如同我们捐一块钱是一样的，如果一个人只有一百块，却布施八十块，那么，他的慈悲比那些布施一百万元的富翁还要高超。我们在生活中经常看到这种例子。

有一次，我在忠孝东路统领百货公司前，看到有一个师父站在那里化缘，路过的人有的给他钱，有的没给，由于天气太热，这个师父站得满身大汗。我看到一个孩子手上拿着半杯汽水经过，他看到师父满头汗，便走到师父面前，将剩下的半杯汽水递给他，师父接过汽水后，并没有喝，继续托钵，那个孩子扯着他说："师父啊，你喝呀！你喝呀！"结果师父非常尴尬地一面托钵，一面喝着汽水。我看到这一幕很感动，因为这个孩子很慈悲，他的手里只有半杯汽水，在炎热的天气下，仍将汽水布施给师父，这便是真实的慈悲。

我们经常看到港片里有许多打打杀杀的英雄，这种影片里有一种公式化的角色，就是黑社会的头子，他们在表面上都是大慈善家，经常布施，得到慈悲的名声，可是，暗地里，却都在贩卖毒品，杀人放火，无所不为。这使我们知道一个小儿真实的慈悲比起虚伪的、外表看来很大的慈悲，还要珍贵得多。

慈悲不仅在外表上难以检查，连自己内心的慈悲都难以检验。譬如有时候我们检讨自己当天做了哪些好事时，可能想到当天买了一串玉兰花，卖玉兰花的妇人回家可以买一杯汽水给她儿子喝，或者是在街上给乞丐十块钱、供养师父一百块，想来自己好像蛮慈悲。其实，这些行为并不全然是慈悲，有的只是一种习惯，或者同情、施舍。这样的慈悲还比不上你在路上顺手捡起一根香蕉皮，以防有人滑到；也不如你搬开一块大石头，以免别人跌倒。

作为一个佛弟子，我们每天都要自问："我是不是够慈悲？"像我自己，也没有肯定的答案，但是我们可以确定的一点是：如果有一个人天天说"我已经够慈悲了，我真的很慈悲"，那么他的慈悲一定不够。我们应该常常问："我是不是够慈悲？"答案是："不够，我还要更慈悲一点。"

第二辑 好雪片片

金丸打雀

　　有一位富家子，把家中的黄金拿来制成金丸，然后到外面去打鸟。

　　大家都觉得富家子非常愚痴，因为黄金比起鸟雀要值钱得多，怎么笨到用黄金丸去打鸟呢？何况，以金丸打雀还不一定打得中。

　　这是佛经里的故事，它象征世上的人用宝贵的生命来追求名利权势是愚蠢的行为，是以无价的生命换取有价的东西，恍若是愚人用金丸打雀一般，金丸射出后必失，鸟雀则未必能中，生命就在无知中失去了。

　　这个世界上，生命是最值得珍惜的，应用来做有意义的觉悟与追寻，读这个故事使我深思，也使我警惕。

伤心渡口 🌷

一朵花

在晨光中

坦然开放

是多么从容！

在无风的午后

静静凋落

是多么的镇定！

从盛放到凋谢

都一样温柔轻巧！

春天的午后，阳光晴好，我在书房里喝茶，看着远方阳光落在山林变化的颜色。

有一位年轻的朋友来访，开门的时候我吃了一惊，她原来娟好清朗的脸上，好像春天的花园突被狂风扫过，花朵落了一地那样萧索狼藉。

我们对坐着，一句话还没有说，她已经泪流满面了，而对这样的情况我除了陪着心酸，总说不出什么话。在抬眼的时候，想起许多许多年前一个午后，我去看一个朋友，也是未语泪先流的相同画面。

有时候，在别人的面影里我们会深刻地看见自己，那时，就会勾起我们久已隐忍的哀伤。

这几年，我的感受似乎有点不同了，当我看到人因为情感受创而落泪的时候，使我在心酸里有一种幽微的欣慰，想到在这冷漠无情的社会，每天耳闻的都是物质与感官的波澜，能听到有人为爱情而哭，在某一个层面，真是好事。

这样想，听到悲哀的事，也不会在情绪上像少年时代那样容易波动了。

我和年轻朋友默默地，对饮着我从屏东海岸带回来的"港口茶"，港口茶是很奇特的一种茶，它入口的时候又浓又苦，在喝第一杯的时候几乎很难去品味它，要喝了两三杯之后，才感觉到它有一种奥妙的舌香与喉韵，好像乐团里的男低音，或者是萨克斯风，微微地在胸腔中流动，那时才知道，这在南方边地平凡的茶，有着玄远素朴的魅力。

喝到苦处，才逐渐清凉

我和朋友谈起，在二十岁的时候，我就喜欢喝茶，那时喜欢茉莉香片或菊花茶，因为看到花在茶杯中伸展，使我有着浪漫的联想。那时如果遇到了港口茶，大概是一口也喝不下去。

后来，我喜欢普洱，那是因为喜欢广东茶楼里那种价廉而热闹的情调，普洱又是最耐泡的，从浓黑一直喝到淡薄，总能泡十几回。

前些年，我开始爱喝乌龙，乌龙的水色是其他的茶所不及的，它是金黄里还带一点蜜绿，香味也格外芳醇，特别是产在高山的冻顶乌龙、白毫乌龙、金萱乌龙，好像含孕了山林里的云雾之气，使我觉得人间里产了这样美好的茶，怪不得释迦牟尼佛说娑婆世界也是净土了。

住在乡下的时候，我喜欢"碧螺春"和"荔枝红"，前者是淡泊中有幽远的气息，后者好像血一样，有着红尘中的凡思；前者是我最喜欢的绿茶，后者是我最喜爱的红茶。

近两年来，我常常喝生产在坪林山上的"文山包种"和沿着屏东海岸种植的"港口茶"，这两种茶都有一种"苦尽"之感，要品了几杯以后，滋味才缓缓地发散出来。最特别的是，它们有一种在沧桑苦难中冶炼过的风味，使我们喝到苦处，才逐渐的清凉。

这有一点像是人生心情中的变化，朋友边喝港口茶，边听我谈起喝茶的感受，她的泪逐渐止住了，看着褪色的茶汤，问说："那么，你的结论是什么？"

"我没有结论！"我说，"对于情感、喝茶、人生等，没有结论正是我的结论！"

那就像许多会喝茶的人都告诉我们，喝茶的方法、技巧、思想，及至于茶中的禅思等。可是别人不能代我们喝茶，而喝茶到最后还原到一个单纯的动作，就是把水烧开，冲出茶汤，喝下去！

许多曾受过情感折磨的人，他们有许多经验、方法，乃至智慧，告诉我们应该如何对治感情的失落。可是他不能代我们受折磨，失恋到最后只还原到一个单纯的动作，就是让事情过去，自己独饮生命的苦水，并品出它的滋味！

这苦瓜竟然没有变甜！

我很喜欢一则关于苦瓜的故事：

有一群弟子要出去朝圣。

师父拿出一个苦瓜，对弟子们说："随身带着这个苦瓜，记得把它浸泡在每一条你们经过的圣河，并且把它带进你们所朝拜的圣殿，放在圣桌上供养，并朝拜它。"

弟子朝圣走过许多圣河圣殿，并依照师父的教言去做。

回来以后，他们把苦瓜交给师父，师父叫他们把苦瓜煮熟，当作晚餐。

晚餐的时候，师父吃了一口，然后语重心长地说："奇怪呀！泡过这么多圣水、进过这么多圣殿，这苦瓜竟然没有变甜。"

这真是一个动人的教化，苦瓜的本质是苦的，不会因圣水、圣殿而改变，情爱是苦的，由情爱产生的生命本质也是苦的，这一点即使是修行者也不可能改变，何况是凡夫俗子！意思是，我们尝过情感与生命的大苦的人，并不能告诉别人失恋是该欢喜的事，因为它就是那么苦，这一层次是永不会变的，可是不吃苦瓜的人，永远不会知道苦瓜是苦的。"现在，你煮熟了这苦瓜，当你吃它的时候，你终于知道是苦的了，但第一口苦，第二、第三口就不会那么苦了！"当我说完了故事，这样告诉朋友。

她苦笑着，好像正在品尝那只洗过圣水、进过圣殿的苦瓜的味道。

"当我们失恋的时候，如果有人告诉我们，生命里有比失恋更苦难的承受，我们真的很难相信，就像鱼缸的鱼不能想象海上的狂涛一样。等到我们经验了更多的沧桑巨变，再回来一看，失恋，真的没有什么。"我说。

朋友用犹带着红丝与水意的眼睛看着我，眼里有茫然的神色。对一位正落入陷阱的人，她是不太能相信世上还有更大的陷阱，因为在情感的陷阱底部，有着燃烧的火焰、严寒的冰刀、刺脚的长针，已经是够令人心神俱碎了。

"我再说一个故事给你听吧！"我只好说。

失恋，至少值得回味

有一个人去求助一位大师说："师父，请救救我，我快疯了，我的太太、孩子、亲戚全住在同一个房间，整天都在争吵吼叫谩骂，我的家简直是一座地狱，我快崩溃了，师父，请拯救我。"

大师说："我可以救你，不过你得先答应，不论我要求你做什么，你都切实地做到！"

那形容憔悴的人说："我发誓，我一定做到！"

大师说："好！你家里养了多少牲畜？"

"一头牛、一只羊，还有六只鸡。"那人说。

"很好，把它们全部带入你的屋内，然后一星期后再来见我。"

那人听了，心惊胆战，但他发过誓听从师父的话，所以就把牲畜全部带进房子。

一星期后，他容貌完全枯槁，跑来见大师，用呻吟的声音说："一片肮脏、恶臭、吵闹、混乱，不只我不成人形，屋里的人也都快疯了。大师，现在怎么办？"

"回去吧！现在回去把牲畜都赶出去，明天再来见我。"大师说。

那人飞快地奔回家去。

第二天，当他回来见大师时，眼中充满了喜悦的光芒，欢喜地对大师说："呀！所有的畜生都赶出去了，家里简直像个天堂，安静、清爽、干净，又充满了温馨，生活是多么的美好呀！"

朋友听了这个故事，微微地笑了。

我们在生命过程中所遇到的挫折，使我们觉得自己是全世界最苦的人，那是因为我们还没有经验过更巨大的苦难，也因为我们不知道世上的别人，有许多正拖着千斤重的脚，在走过火热水深、断崖鸿沟。

失恋，真是人生的苦难里最易于跨越的，它几乎是人生的必然。

在生命里，有很多历程除了苦痛，没有别的感受。失恋，至少还值得回味，至少有凄凉之美，至少还令我们验证到情感的真实与虚幻。

"有很多事，只是苦，没有别的。与那些事比起来，失恋真是天堂了！"我加重语气说。

我们聊着聊着，天就黑了，朋友要告辞，我送她一罐"港口茶"，她的表情已经平静很多了。

我说："好好地品味这港口茶吧！仔细地观照它，看看到最苦的时候会怎么样？"

我们的船还要继续前航

朋友走了以后，我独自坐着饮茶，看着被夜色染乌的天空，几粒微星，点点缀在天际，心中不免寒凉，想到人间里情爱无常的折磨，从有星星的时候，人就开始了在情感挣扎的历程，而即使世界粉碎成为微尘，人仍然要在情爱里走过漫漫长夜、哭过茫茫的旷野。

我想到几天前刚读过杜牧与李商隐的诗，都是我最喜欢的唐朝诗人，他们对失恋心情的描写，那样的细致缠绵，犹如黑夜旷野中闪烁的泪，令人心碎。

我就选了几首，抄在纸上，准备寄给我的朋友：

落花（李商隐）

高阁客竟去，小园花乱飞。

参差连曲陌，迢递送斜晖。

肠断未忍扫，眼穿仍欲归。

芳心向春尽，所得是沾衣。

锦瑟（李商隐）

锦瑟无端五十弦，一弦一柱思华年。

庄生晓梦迷蝴蝶，望帝春心托杜鹃。

沧海月明珠有泪，蓝田日暖玉生烟。

此情可待成追忆，只是当时已惘然。

无题（李商隐）

飒飒东风细雨来，芙蓉塘外有轻雷。

金蟾啮锁烧香入，玉虎牵丝汲井回。

贾氏窥帘韩掾少，宓妃留枕魏王才。

春心莫共花争发，一寸相思一寸灰。

无题（李商隐）

相见时难别亦难，东风无力百花残。

春蚕到死丝方尽，蜡炬成灰泪始干。

晓镜但愁云鬓改，夜吟应觉月光寒。

蓬莱此去无多路，青鸟殷勤为探看。

赠别（杜牧）

多情却似总无情，唯觉樽前笑不成。

蜡烛有心还惜别，替人垂泪到天明。

金谷园（杜牧）

繁华事散逐香尘，流水无情草自春。

日暮东风怨啼鸟，落花犹似坠楼人。

秋夕（杜牧）

银烛秋光冷画屏，轻罗小扇扑流萤。

天阶夜色凉如水，坐看牵牛织女星。

我少年时代时常吟诵这些诗句，当时有着十分浪漫美丽的怀想，觉得能有深刻的情爱，实在是一种福分。近来重读，颇感到人生的凄凉，才仿佛接近了诗人那冰心玉壶一样的心情，看到飞舞的落花为之肠断，听见琵琶流动的声音不禁惘然，东风吹来感到相思如灰一寸一寸冷去，夜里的蜡烛仿佛替代我们垂泪，像春天的蚕子永不停止地缠绵吐丝，到死方休！

而那园里落下来的花，就好像我们从楼头坠下，心肝为之碎裂！秋天看着遥遥相隔的牵牛星与织女星，是那样的冷，是永远不可能相会了！

情感的挫折与苦难是生命必然的悲情，可是谁想过：

落花飞舞之后，春天的新芽就要抽出！

蜡烛烧尽的时候，黎明的天光就要掀起！

春蚕吐丝自缚的终极，是一只蛾的重生！

我们在这个世界上，有如一片叶子抽出、一朵花开放、一棵树生长，是一种自然的时序，春日的繁华、夏季的喧闹、秋野的庄严、冬天的肃杀，都轮流让我们经验着，以便生发我们的智慧。

来吧！让我们在最苦的时候，更深刻地回观我们的心灵世界，我们至少知道"港口茶"苦的滋味，我们一眼就能看见星星，这就多么值得感恩。

让锦瑟发声，让飞花落下，让春蚕吐丝，让蜡烛流泪，让时光的河流轻轻流过一些生命里伤心的渡口吧！

我们的船还要前航，扯起逆风的帆，在山水之间听听杜鹃鸟伤心的啼声，听久了，那啼声不觉也有超越的飞扬的尾音。

从泥泞中跨越 🔴

有一个禅的故事是这样的：两位师兄弟一起走在一条泥泞的道路上。当他们走到一个浅滩的时候，看见一位美丽的少女在那里踟蹰不前，由于穿着细致的丝绸，使她不能跨步走过泥泞的浅滩。

"来吧！小姑娘。"师兄说。

然后就把少女背过了泥路。

师弟跟随在后面，心里感到非常不悦，一直都沉默不语，到了晚上实在忍不住，就对师兄说："我们出家人受了戒律，不应该近女色的，你今天为什么要背那个女人过河呢？"

"呀！你说那个女人呀！我早就把她放下了，你到现在还抱着吗？"

这个流传很广的禅故事，除了说明当下即是的精神，也满含了禅师的慈悲，在提起放下的过程里一点也不拖泥带水，即使是对禅一无所知的人听到这个故事，也知道两者境界的高低。

有一位现代禅者把"当下即是""直下承当"的精神翻译为"倾宇宙之力活在眼前的一瞬"，真是十分贴切。我们凡夫的生活，不是在缅怀过去，就是在向往未来，无法踏实雄健地生活。可叹的是，过去是无可挽回的，未来只是一场梦，两者都是虚空里的舞花，再美，也比不上现在跨越的泥泞之路。

落实到不是非常善美的现在，走一段很可能是泥巴铺成的生活之路，当下的世界往往不是依理想而呈现。这些，似乎都不太要紧，只看我们能不能有好眼睛来看待这个世界，是不是在我们注视的时候，能一刹那间观点开展，让光亮明朗的生活展现在眼前。

伟大的无门慧开禅师，在他的著作《无门关》里曾这样说："若是个汉，不顾危亡，单刀直入，八臂哪吒拦他不住；纵使西天四七、东土二三，只得望风乞命！设或踌躇，也似隔窗看马骑，眨得眼来，早已蹉过！"只有单刀直入，一点也不迟疑的大丈夫，才有可能领会禅的真意。

山色如何 🏮

　　苏东坡有一次游江西庐山，见到龙兴寺的常聪和尚，两人熬夜讨论"无情说法"的公案，第二天清晨醒来，他听见了溪流的声音，看见清净的山色，随即赋了一偈：

　　　　溪声便是广长舌，
　　　　山色岂非清净身。
　　　　夜来八万四千偈，
　　　　他日如何举似人。

　　自己觉得意犹未了，又在柔和的晨光中写下两偈：

　　　　横看成岭侧成峰，

远近高低各不同。
不识庐山真面目，
只缘身在此山中。

庐山烟雨浙江潮，
未到千般恨不消。
到得元来无一事，
庐山烟雨浙江潮。

  这三首偈广为传诵，被看成正好可以和青原惟信禅师说的山水观前后印证："三十年前见山是山，见水是水。及后亲见亲知，有个入处，见山不是山，见水不是水。如今得个休歇处，依旧见山只是山，见水只是水。"
  苏东坡的三首偈后来一直被讨论着，特别是第一首，云堂的行和尚读了以后，认为"溪声""山色""夜来""他日"几个字是葛藤，把它改成：

溪声广长舌，
山色清净身。
八万四千偈，

如何举似人。

有一位正受老人看了，觉得"广长舌""清净身"太露相，一首偈于是被改成了对联：

溪声八万四千偈，
山色如何举似人。

庵禾山和尚看了，摇头说："溪声、山色也都不要，若是老僧，只要'嗯'一声足够！"

许多人都觉得庵禾山和尚的境界值得赞叹，我认为，苏东坡的偈仍是可珍爱的，如果没有他的偈，庵禾山和尚也说不出"嗯！一声足够"了。

文学与佛性之间，或者可以看成从一首偈到一声"嗯"的阶梯，一路攀爬上去，花树青翠，鸟鸣蝶飞，溪声山色都何其坦然明朗地展现在我们的眼前，到了山顶，放眼世界全在足下，一时无话可说，大叹一声：嗯！

可是到山顶的时候总还有个立脚处，有个依托，若再往上爬，云天无限，则除了"维摩诘的一默，有如响雷"之外，根本就不想说了。

沉默，就是响雷，确乎是最高的境界，不过，对于连雷是什么都不知道的人，锣鼓齐催，是必要的手段。

我想到一个公案，有一个和尚问慧林慈爱禅师："感觉到了，却说不出，那像什么？"

"哑子吃蜜。"慈爱回答。

"没有感觉到，却说得有声有色，又像什么？"

慈爱说："鹦鹉学人。"

用文学来写佛心，是鹦鹉学人，若学得好，也是很值得赞叹，但文学所讲的佛与禅，是希望做到"善言的人吃蜜"。能告诉别人蜜的滋味，用白瓷盛的蜜与破碗装的蜜，都是一样的甘甜。

我的文章，是希望集许多响雷，成为一默。

也成为，响雷之前，那光明如丝、崩天裂云的一闪。

有时候，我说的是雷声闪电未来之前，乌云四合的人间。

那是为了，唯有在深沉的黝暗中，我们才能真正热切期待破云的阳光。

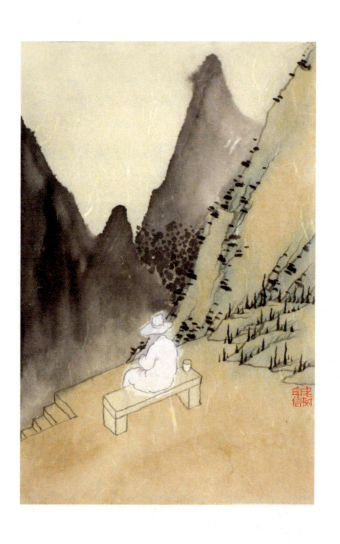

木炭与沉香 🌸

　　有一位年老的富翁，非常担心他从小娇惯的儿子，虽然他有庞大的财产，却害怕遗留给儿子反而带来祸害。他想，与其将财产留给孩子，还不如教他自己去奋斗。

　　他把儿子叫来，对儿子说了他如何白手成家，经过艰苦的考验才有今天。他的故事感动了这位从未走出远门的青年，激发了奋斗的勇气，于是他发愿：如果不找到宝物绝不返乡。

　　青年打造了一艘坚固的大船，在亲友的欢送中出海，他驾船渡过了险恶的风浪，经过无数的岛屿，最后在热带雨林中找到一种树木。这树木高达十余米，在一片大雨林中只有一两株，砍下这种树木，经过一年时间让外皮朽烂，留下木心沉黑的部分，会散发一种无比的香气，放在水中不像别的树木浮在水面而会沉到水底去。青年心想：这真是无比的宝物呀！

青年把香味无以比拟的树木运到市场出售，可是没有人来买他的树木，使他非常烦恼。偏偏在青年隔壁的摊位上有人在买木炭，那小贩的木炭总是很快就卖光了。刚开始的时候青年还不为所动，日子一天天过去，终于使他的信心动摇，他想："既然木炭这么好卖，为什么我不把香树变成木炭来卖呢？"

第二天，他果然把香木烧成木炭，挑到市场，一天就卖光了。青年非常高兴自己能改变心意，得意地回家告诉他的老父，老父听了，忍不住落下泪来。

原来，青年烧成木炭的香木，正是这个世界上最珍贵的树木"沉香"，只要切下一块磨成粉屑，价值就超过了一车的木炭。

这是佛经里释迦牟尼说的一个故事，他告诉我们两个智慧：一是许多人手里有沉香，却不知它的珍贵，反而羡慕别人手中的木炭，最后竟丢弃了自己的珍宝；二是许多人虽知道希圣希贤是伟大的心愿，一开始也有成圣成贤的气概，但看到做凡夫俗子最容易、最不费功夫，最后他就出卖自己尊贵的志愿，沦落成为凡夫俗子了。

人生的缺憾，最大的就是和别人比较，和高人比较使我们自卑；和俗人比较，使我们下流；和下人比较，使我们骄满。外来的比较是我们心灵动荡不能自在的来源，也使得大部分的人都迷失了自我，障蔽了自己心灵原有的氤氲馨香。

因此，佛陀说：一个人战胜一千个敌人一千次，远不及他战胜自己一次！

妙高台上

在浙江奉化有个雪窦寺，开山祖师叫妙高禅师。如今在雪窦寺山上还有一个妙高台，传说从前的妙高禅师就在那台上用功，因而得名。

妙高禅师原来在台上靠山的一边用功，昼夜不息，但因为精力有限，时常打瞌睡。他心想自己的生死未了却天天打瞌睡，实在太没用了，为了警策自己别再瞌睡，他就移到妙高台边结跏趺坐，下面是几十丈的悬崖山涧，如果打瞌睡，一头栽下去就没命了。

可是，妙高禅师工夫还没到家，坐到台边还是打瞌睡。有一次打瞌睡，真的就摔下去了，他心想这一次没命了，没想到在山半腰时，忽然觉得有人托着他送上台来，他很惊喜地问："是谁救我？"

空中答曰："护法韦驮！"

妙高禅师心想：还不错，居然我在这里修行，还有韦驮菩萨①来护法，就问韦驮说："像我这样精进修行的人，世间上有多少？"

空中答曰："像你这样修行的，过恒河沙数之多！因你有这一念贡高我慢心，我二十世不再护你的法！"

妙高禅师听了痛哭流涕，惭愧万分，心又转想：原先在这里修行，好坏不说，还蒙韦驮菩萨来护法，现因一念贡高我慢心起，此后二十世他不再来护法了。左思右想，唉！不管他护法不护法，我还是坐这里修我的，修不成，一头栽下去，摔死算了，就这样，他依然坐在妙高台上修行。

坐不久，他又打瞌睡，又一头栽下去，这次他认为真的没命了，可是他快要落地的时候，又有人把他双手接着送上台来。妙高禅师又问："是谁救我？"

空中答曰："护法韦驮！"

"你不是说二十世不来护我的法吗？怎么又来！"妙高禅师说。

韦驮菩萨说："法师！因你刚刚一念惭愧心起，已

———————
① 韦驮菩萨：与伽蓝菩萨是佛教的大护法，一白脸一红脸，常被寺院作为门神，伽蓝菩萨就是民间所供奉的关公。

超过二十世久矣！"

妙高禅师听了，豁然开悟！

上面这个故事出自民初高僧倓虚法师的《影尘回忆录》，是他在参访雪窦寺时听寺中师父所说，最后，倓虚法师下了这结论："佛法的妙处也就在这里，一念散于无量劫，无量劫摄于一念，所谓'十世古今不离当念，微尘刹土不隔毫端'。"

我想，这个故事应该给我们一些启示，就是发愿立志要发勇猛心、精进心，岂止是修行办道，就是人间世界的一切成就，不也是勇猛心和精进心的动力吗？

光是勇猛心、精进心还不够，必须再有惭愧心、忏悔心的配合，才能使勇猛不致躁进，精进不致浮夸，也才能有长远不退的志愿。

另外，我们应该认识到时空是相对的，不是绝对的，意念在其中扮演了极重要的角色，如果我们能意不散乱、心念专一，那么一念跨过二十世的尘沙并不是不可能的。

我非常喜欢这个故事，每次想起来就心水澄澈，惭愧心起，我们连妙高台都坐不上去，实在不该有一丝慢心。其实，妙高台和妙高禅师只是个象征，象征寻找智慧与开悟的道路真是又妙又高。

　　妙高台也不在奉化雪窦寺，而是我们自己的心，我们每时每刻都坐在妙高台上打瞌睡，只是尚未坠崖，自己不自知罢了！

孔雀王朝无忧王 🦚

朋友从印度回来，送我一颗干了的阿摩罗果①，我在长夜里看这椭圆形的褐色果实，就想起阿育王临终时的情况。

公元前三世纪统一印度的阿育王，是印度有史以来治绩空前的统治者，也是护持佛教最有力的国王，但是他临终的时候死得十分悲惨。晚年，阿育王的王后帝沙罗文与人私通，他怒而焚杀王后，从此忧悒寡欢，以致得了重病，国家的财政由侄子财天施掌理，不能任他取用来供养僧众，一生竭力施财给出家人的阿育王更加烦恼。

---

① 阿摩罗果：一说为庵摩罗果或庵没罗果（梵文 amra），中文俗称为芒果。阿摩罗果（梵文 amalaka），又称阿摩落伽果、阿末罗果等，中文名为余甘子、橄榄。综合考虑《大唐西域记》和本文内容，此处为"阿摩罗果"。

这时候，许多阿罗汉来探视阿育王的病，王的手上正好有半捧还没有吃完的阿摩罗果，便以至诚的信心把半果供养众阿罗汉，阿罗汉们于是同声叹道："大王！比起你从前一切自主时所供养的九十六俱胝①黄金，现在这个供养更大！"

阿育王因此内心得到自在，含笑而逝了。

不过，另外有一种说法是，阿育王供养半果之后，有一天，一个侍女在旁边拿着有宝柄的拂尘为他扇凉，由于白昼的酷热而打瞌睡，拂尘从手中落下，掉在阿育王身上，阿育王非常生气，心想："以前，各国的大王也要为我洗脚，现在连卑贱的奴仆也轻侮我。"愈想愈怒，终于一怒而亡。

虽然说法不同，但阿育王晚境凄凉是可以确定的，阿育王所兴盛的孔雀王朝也像阿育王的死，充满了谜一样的传说，近年来②十分卖座的电影《孔雀王朝》《黄金孔雀城》就是取材于当时的传奇。

我从前对孔雀王朝极有兴趣，曾读过许多印度历史的书，里面有许多阿育王的记载，古印度史的记述不免

① 俱胝：一俱胝就是一亿。
② 本文选自《红尘菩提》，台湾九歌出版社1990年版。

掺杂了传说与神异色彩，不过有关阿育王的事迹却有几个故事颇能发人深省。

孔雀王朝建立于阿育王的祖父旃陀罗笈多王，他在摩揭陀国的巴连弗城建立国都，成为印度史上中央集权的大帝国，自称"孔雀王朝"。到阿育王父亲尼弥多王的时代，王朝已经极为壮大，财力雄富，有五百大臣。阿育王的出生也有许多传说，一说他的母亲是商人的妻子，与国王私通而怀孕；一说他母亲是"行为端正，令人乐见，为国所珍"的婆罗门女（《杂阿含经》）。母亲生他的时候十分安稳，一点也没有痛苦忧恼，所以国王为他取名"阿育"（即无忧的意思）。

阿育王幼年即精通技艺、观察与相术，却不为父亲宠爱，与母亲住在宫外。在阿育王幼年时，国王的大臣曾向一位婆罗门占相师询问将来由谁主掌王位，占相师说："由吃最殊胜食物、穿最殊胜衣服、坐最殊胜坐具的那一位。"因为王子们都享用优裕，大臣们不明其意，再进一步追问，占相师说："最殊胜的食物是米饭，最殊胜的衣服是粗布，最殊胜的坐具是土地。"——当这个预言传出后，不但国王不喜欢，其他的王子也对无忧怀着忌恨。

阿育王青年时代，正好尼泊尔传悉耶的人民叛乱，尼弥多王派阿育去平反，却只给他很少的兵卒，没想到阿育一举平定了叛乱，把首领抓回献给国王，尼弥多王这时才对阿育另眼看待，说："你的聪明、力量、勇气都是非凡的，现在你想要什么，我都赐给你。"阿育向父王要了一座最偏远的波吒厘子城，在当地建了五百处花园，召集了一千个女乐伎，终日嬉戏享乐，通宵达旦。这样一来，因为地处偏僻，不会受到六个哥哥杀害，终日享乐也令人以为他无心于王业了。

后来，孔雀王朝与隔邻的摩揭陀国作战，阿育王的六个哥哥都被派上战场，只有他留在国内，偏巧在这时尼弥多国王去世，城内的臣民想起以前占相师的预言，便把阿育扶为国王。远在外地征战的哥哥们听说阿育登基，心中愤愤，在恒河以南各拥一座城而自立为王，印度再度分裂。

成为国王的阿育，有数年之久沉溺于爱欲，又和几个哥哥不和，连年争战，最后他把六个哥哥和追随哥哥的五百大臣全部杀掉了，再度统一印度。阿育王变得无比凶暴，传说如果一天不杀人，就心中不安，甚至吃不下饭、睡不着觉。

有一天，他听从一位邪见婆罗门的说法，说如果能杀死一万人祭祀，会使国政兴隆，国王也会得到解脱。他于是遍召全国找一位能杀死一万人的刽子手，还特别修建一座祭祀堂，专为杀人之用，他亲自对国人誓愿："凡该杀死的人都送进祭祀堂，在未杀满一万人以前，凡是走进堂内的人一律杀死，这是供养遮苦行女神邬摩的誓愿，谁也不能违犯。"这样，在短时间内就杀死了五千人。

当时的大修行者耶舍阿罗汉，有一名弟子迷路，就走进祭祀堂休息，刽子手正要杀他时，这沙弥才知道阿育王曾有过残忍的誓愿，沙弥对刽子手说："我有些罪业还没有忏悔清净，可不可以七天后再杀我，让我住在祭祀堂里？"刽子手答应了。沙弥由于看见祭祀堂的血肉内脏，七天内就因生起无常等圣谛而证得阿罗汉。

七天到了，刽子手把沙弥放进油锅，他却丝毫不受损伤，用许多方法都不能杀他，只好去报告阿育王。阿育王好奇地走入堂中观看，刽子手于是持剑要杀阿育王，国王甚感惊奇，刽子手就说："大王曾在女神面前立下誓言，凡到祭祀堂内的人一律杀死，大王岂可违背自己的誓言？"

128

阿育王生气地说："你比我先来这里，还是先把你杀了吧！"于是派侍卫杀死了刽子手。

阿育王眼见沙弥的神变，接着听受了沙弥的说法，对自己所做的罪业大为追悔，欲拜沙弥为师，沙弥说："我的师父耶舍阿罗汉才能做大王的老师。"

阿育王因此延请耶舍到城中教化佛法，自己成为皈依弟子，这是他成为国王的第七年。从此，他虔信佛法，昼夜行善，每天供养比丘三万人，建成了八万四千座佛塔，每天向各座宝塔供养油灯熏香、花鬘各一千，向菩提树供养盛满香水和五种甘露的金银琉璃宝瓶。他并大力供养僧人，从有成就的阿罗汉到凡夫僧普皆供养。

有一个故事说，阿育王曾大力供养一个年老、愚笨、闻法很少的比丘，这位老比丘连一句偈颂也不会念，供养完了以后，大家才知道阿育王要来听这老比丘说法，老比丘非常后悔，心想："早知道要说法，就应该把好食物让给别人吃，现在已经吃了国王的食物，怎么办呢？"

护法天神知道了，担心由于老比丘不会说法，使国王对佛法失去信心，就现身对老比丘说："要是国王前来听法，你只要说'大王！大地和山岳也要归于毁灭，何况是大王的社稷，这一点请大王深思之。'"

老比丘果然向阿育王如此说法，阿育王深以为然，毛发倒竖，思索其义，并赐给老比丘一件黄金的袈裟。老比丘也经由这次说法的信心努力修习，三个月后证得阿罗汉，他穿的国王赐的袈裟散发浓郁的香气，所过之处，香味遍满。

大家都深信老比丘得证是国王供养的功德，全国人民因此都崇信佛法。为了表示对僧侣的尊崇，阿育王甚至把国政献给僧侣统治两昼夜，表示国家的强盛是因为有佛法僧三宝护持之故。信佛以后的阿育王把自己改名为"达摩阿育"，就是"法无忧"的意思。

阿育王晚年发愿要供养辖治下的波兰多迦、迦湿弥罗、吐货罗三国的僧侣各黄金一百俱胝，到临终时还不能满愿，只好以半个阿摩罗果作为临终前的一切供养。

玄奘法师在《大唐西域记》里曾写到这临终的一幕，颇为动人：

> 无忧王遘疾弥留，知命不济，欲舍珍宝，崇树福田。权臣执政，诫勿从欲。其后因食，留阿摩罗果，玩之半烂，握果长息，问诸臣

曰："赡部洲主，今是何人？"诸臣对曰："唯
独大王！"王曰："不然！我今非主。唯此半
果，而得自在。嗟呼！世间富贵，危甚风烛。
位据区宇，名高称谓，临终匮乏，见逼强臣，
天下非己，半果斯在！"

乃命侍臣而告之曰："持此半果，谐彼鸡
园，施诸众僧，作如是说，'昔一赡部洲主，
今半阿摩罗王，稽首大德僧前，愿受最后之
施，凡诸所有，皆已丧失，唯斯半果，得少自
在。哀愍贫乏，增长福种。'"

这一段文字美极了，我舍不得去翻译它，那历历
如在眼前的情境，使我们想起历史上无数晚境凄凉的帝
王，统御无数臣民土地的阿育王，临终前唯一的自在竟
是半个阿摩罗果，想来令人浩叹！

阿育王死后，孔雀王朝随即失势，不久国土四分五
裂，王朝就灭亡了。

我在深夜里玩赏那远从印度菩提伽雅^①来的阿摩罗

---

① 菩提伽雅：英文名为 Bodh Gaya。据记载，佛陀经历六年苦行之后，行至此地，于毕
钵罗树（菩提树）下之金刚座上结跏趺坐，证悟十二因缘、四谛法等，而得正觉。

果，思及孔雀王朝及阿育王的故事，心情为之迷离，在盛大的王朝与细小的果实之间，何者是大，何者是小？何者是远，何者是近呢？

传说阿育王供养鸡园寺比丘的阿摩罗果，被放在羹中同煮，让每一个僧人都吃到，果核则用宝盒盛起来供在佛前纪念这一代霸主，那果核仍在，而孔雀王朝早已灰飞烟灭了。

经典里常说，得证的圣者看地球犹如观掌上的一粒阿摩罗果，河山犹如果纹。我们或许不能达到那种境界，不过从一粒果实观想世界的无常、人生的变异，也使我们知道其中有智慧在焉！

智慧是我耕的犁 🌸

有一天，佛陀到了一个名叫一那罗的村落乞食，走到一个婆罗门农夫的农田附近。

那时已近中午了，婆罗门农夫正在分送食物给五百位犁田的工人，看到佛陀正托钵远远走来，他故意为难地对佛陀说："瞿昙（佛陀的名字）！我今天努力地耕田下种，才能得到食物，你也应该像我一样耕田下种，才有资格得到食物呀！"

佛陀听了并不生气，他回答道："我也是耕田下种来得到我的饮食呀！"

婆罗门说："我们从来没有人看过你下田耕作，你说你也下田，那么，你的犁在哪里？你的牛在哪里？你的轭、你的镵、你的牛鞭又在哪里？你又是播什么种子呢？你是如何耕田的呢？"

　　对于咄咄逼人的婆罗门，佛陀以一种极宽容慈悲的态度来面对，他对婆罗门和围聚在旁边的工人说了一首偈：

　　　　信心为种子，苦行为时雨；
　　　　智慧为犁轭，惭愧心为辕。
　　　　正念自守护，是则善御者；
　　　　包藏身口业，如食处内藏。
　　　　真实为其乘，乐住无懈怠；
　　　　精进无废荒，安稳而速进；
　　　　直往不转还，得到无忧处。
　　　　如是耕田者，逮得甘露果；
　　　　如是耕田者，不还受诸有。

　　这首偈非常优美，同时也说出了佛陀的基本教化和精神，译成白话是：

　　　　信心是我播的种子，苦行是灌溉的雨水；
　　　　智慧是我所耕的犁，惭愧心是我的车辕。
　　　　我以正念守护自身，如同驾驭我的耕牛；

抑制身口意的恶业，就像在我田里除草。

我用真实作为车乘，乐住其中而不懈怠；

精进耕作而不荒废，并且安稳快速前进；

我一直前进不退转，到达了无忧的所在。

这才是真正的耕田，能耕植出甘露果实；

这才是真正的耕田，不再受轮回的痛苦。

佛陀说完这首偈，婆罗门大为感动，禁不住赞叹说："您才是世界上最会耕田的人呀！"于是盛了满钵最香美的食物供食佛陀，佛陀没有接受他的食物，说："不因说法故，受彼食而食；但为利益他，说法不受食。"因为在佛制里，说法是纯粹利益他人的行为，不能为了食物而说法。

这个故事出自《杂阿含经》，是佛陀所说的"耕心田之法"，也明白说出"比丘"和"乞丐"的不同。在佛陀的时代，比丘固然以乞食延续生命，却不同于一般的乞者。所谓"比丘"，就是上从如来乞法以练神，下就俗人乞食以资身，俗世乞人只乞衣食不乞法，所以不能称为比丘。

从前，佛陀在舍卫国乞食的时候，遇到一位年老的乞丐，乞丐就说："佛陀摄杖持钵乞食，我也挂杖持钵乞食，我应该也算作比丘了。"佛陀就为他说了一首偈："所谓比丘者，非但以乞食；受持在家法，是何名比丘？于功德过恶，俱离修正行；其心无所畏，是则名比丘。"老乞丐听了大有所悟，终于从乞者成为比丘。

　　在这个世界上，我们不能完全不依赖别人而独自活存，因此必须怀着宽容与感恩的心情。从前，大部分人是农夫，他们可以坦然地说是自耕自食，现在只有少部分人是农夫，大部分人都不能亲自到田里播种和耕田了，我们究竟凭什么受食而不感到惭愧呢？

　　我想，每个人都应该回到自我，先来耕自己的心田，播种信心、开发智慧、精进努力，追求真实的自我、拔除妄念的杂草，这样才能不愧于天地的养育，坦然地前进呀！

惜生诗抄 🦋

几天前^①，养鸭业者把几十万枚正要孵化的鸭蛋，从桥上倾倒入河，有许多鸭蛋倒到半空中时，小鸭孵出来了，那些初面人世的鸭子还来不及叫一声、探一眼这个世界，就摔死的摔死、淹死的淹死了。

这数十万尚未经验丝毫生命的鸭子，是因为一位医生说了一句话：吃鸭肉可能得癌症。

今年四月，由于鸡肉与鸡蛋跌价，养鸡的人用冷水泼在八十万个孵化的鸡蛋上，使蛋内的小鸡全冻死。

最近，养鸡业者又把三十万只小鸡放在纸箱内，泼上煤油燃烧，一任小鸡在火中吱吱叫，活活被烧成灰烬。

---

① 本文选自《如意菩提》，台湾九歌出版社 1988 年版。

　　这一百多万只鸡的惨死，仍无法挽救鸡肉与鸡蛋的价钱，养鸡业者正在开会协调，不久将要再焚毁一百六十万只鸡，才有可能拯救养鸡业。

　　像把正孵化的鸭蛋倒入河里、用冷水泼在要孵出的鸡蛋上、将小鸡活活烧死……如此残忍的手段一再发生，使我们不禁对人性生出更多的反省。向来，牛猪鸡鸭等供人食用，被看成是天经地义的事，很少人会想到它们也有情感与痛苦，也很少人想到它们是活生生的生命。

　　为什么在自诩为保护动物观念进步的今天，我们只懂得保护野生动物，而不懂得爱惜身边的动物呢？即使是为了口腹，不得不杀害动物，难道杀的时候没有不忍之心、感恩之心吗？

　　近十几年来，西方人有很多养牛猪鸡鸭作为宠物，发现它们的智商都很高，并且有感情，有的甚至有表演的天赋，这些应该启示我们对于一向被看成"卑贱"的畜养动物有新的对待，如果我们不懂得珍惜畜养的动物，那么我们就不可能真诚地爱惜野生动物。

　　保护动物是在保护生命，并不是在保护动物的种类；而一个人对动物没有惜生之心，就不能良善地对待人，甚至对待整个世界。

有些人以为，保护动物的观念是近代西方传来的，传统中国老百姓对待动物都非常残忍，这是相当错误的看法，不要说野生动物，就是对畜养动物爱惜的观念，中国人早就有了，我最近找到一些古人护生惜生的诗，可以让我们看清从前的中国人是如何对待动物的。

在《全唐诗》里，有许多爱惜动物的诗，并且由爱惜动物而设身处地想到动物的处境，例如寒山子有一首诗：

> 怜底众生病，餐尝略不厌。
> 蒸豚揾蒜酱，炙鸭点椒盐。
> 去骨鲜鱼脍，兼皮熟肉脸。
> 不知他命苦，只取自家甜。

一般人在吃蒜泥白肉、烤鸭蘸椒盐、清蒸鱼的时候，只觉得滋味甚好，却很少想到猪、鸭、鱼也是会痛苦呀！寒山子的《护生诗》有数十首，这只是其中之一，例如他还有一首有名的诗：

猪吃死人肉，人吃死猪肠。

猪不嫌人臭，人反道猪香。

猪死抛水内，人死掘土藏。

彼此莫相啖，莲花生沸汤。

即使是猪也要加以爱惜，可以看到寒山子伟大的禅修，是建立在深广的慈悲心上。寒山子是出家人，惜生原是本分，其他的诗人呢？贾岛有一次看到一只生病而不能飞的蝉，作了一首《病蝉》：

病蝉飞不得，向我掌中行。

折翼犹能薄，酸吟尚极清。

露华凝在腹，尘点误侵睛。

黄雀并鸢鸟，俱怀害尔情。

一只生病的蝉，它平时虽然常受到黄雀与鸢鸟噬食的威胁，但是它痛苦的呻吟，依然那么清越，清凉的花露仍在它的腹中，诗人以蝉喻人，使我们看见他惜生的心情。伟大的诗人杜甫，在看到乱世的战争时，作过一首《护生诗》：

干戈兵革斗未止，凤凰麒麟安在哉？

吾徒胡为纵此乐，暴殄天物圣所哀！

战争使我们想起了人所受的苦，但动物何尝不苦，连凤凰、麒麟都绝种了，何况是一般的动物？最值得注意的是"暴殄天物圣所哀"，对大地的一切不能爱惜，实在是圣人哀痛的事。自然诗人王维住在南山下，写过一首《戏赠张五弟谭》：

设置守麋兔，垂钓伺游鳞。

此是安口腹，非关慕隐沦。

吾生好清静，蔬食去情尘。

今子方豪荡，思为鼎食人。

我家南山下，动息自遗身。

入鸟不相乱，见兽皆相亲。

云霞成伴侣，虚白侍衣巾。

何事须夫子，邀予谷口真。

"入鸟不相乱，见兽皆相亲"是多么动人的境界，如果是在台湾就变成了"入鸟皆烧烤，见兽皆追杀"

了。杜牧也有一首动人的诗：

> 已落双雕血尚新，鸣鞭走马又翻身。
> 凭君莫射南来雁，恐有家书寄远人。

如果人想起远方的家人朋友，哪里忍心射杀从北方飞来避寒的大雁呢？唐朝诗人陆甫里也有一首诗说：

> 万峰回绕一峰深，到此常修苦行心。
> 自扫雪中归鹿迹，天明恐有猎人寻。

我非常喜欢这首诗，每次读到就仿佛看见诗人孤独的身影，在黑夜雪地遍布的深山里面，挥汗扫去麋鹿回家的脚印，只是因为担心天亮的时候被猎人发现呀！这是多么细致动人的心灵，喜欢猎追小鹿的猎人读到这首诗应该惭愧痛哭。

唐朝有一个诗人王仁裕，他有一次把一只猿猴放入深山，不久之后又遇到他放生的猿猴，关于这两件事他都有诗记述，十分感人：

放猿

放尔丁宁复故林，旧来行处好追寻。

月明巫峡堪怜静，路隔巴山莫厌深。

栖宿免劳青嶂梦，跻攀应惬白云心。

三秋果熟松梢健，任抱高枝彻晓吟。

遇放猿再作

嶓冢祠边汉水滨，饮猿连臂下嶙峋。

渐来子细窥行客，认得依稀是野宾。

月宿纵劳羁绁梦，松餐非复稻梁身。

数声肠断和云叫，识是前时旧主人。

主人与猿猴相遇的时候，互相都认了出来，场面是多么动人！足见人猿都是有情生！

唐朝创作力十分旺盛的诗人白居易，有几十首护生的诗，他的诗所涉及的对象如鱼、牛、鸡、犬、鹰、乌龟、鹦鹉等，可见诗人对生命平等的观照，我在这里摘选几首比较短的诗：

观游鱼

绕池闲步看鱼游，正值儿童弄钓舟。

一种爱鱼心各异，我来施食尔垂钩。

劝打鸟者

谁道群生性命微，一般骨肉一般皮。

劝君莫打枝头鸟，子在巢中望母归。

鹦鹉

陇西鹦鹉到江东，养得经年嘴渐红。

常恐思归先剪翅，每因喂食暂开笼。

人怜巧语情虽重，鸟忆高飞意不同。

应似朱门歌舞妓，深藏牢闭后房中。

犬鸢

晚来天气好，散步中门前。

门前何所有，偶睹犬与鸢。

鸢饱凌风飞，犬暖向日眠。

腹舒稳贴地，翅凝高摩天。

上无罗弋忧，下无羁锁牵。

见彼物遂性，我亦心适然。

心适复何为，一咏逍遥篇。

此仍着于适，尚未能忘言。

我们看到天上的鸢任意高飞，没有罗网的陷阱，看到没有铁锁拘绊的狗在门口晒太阳，都会生起自由自在、安适的心，这是人同此心，为什么有的人偏偏喜欢罗网和铁锁呢？当人以罗网铁锁拘束动物，不也正是在网罗自己的心吗？

白居易有一首《赎鸡》诗，是在市场看到小贩卖鸡，买来放生，诗中有"常慕古人道，仁信及鱼豚。见兹生恻隐，赎放双林园"之句，可见对于鱼豚鸡狗有仁信之心，非始自唐朝，而是古已有之。还有一次，他在市场看到小孩子抓鹰来卖，也买了放生，写了一首《放孤鹰》，感同身受，十分动人，有这样几句："我本北人今谴谪，人鸟虽殊同是客。见此客鸟伤客人，赎汝放汝飞入云。"我们从白居易的观点放大来看，人或一切动物不都是娑婆世界的客人吗？应该互相怜悯、爱惜，何苦相残相杀呢？

诗歌中护生惜生的传统，到宋朝更是光芒四射。深

受佛教影响的大诗人苏东坡留下了许多动人的诗句，有
一首《赠陈季常》我非常喜欢，据说陈季常收到这首诗
以后，从此戒杀，而住在岐亭的人读了这首诗，许多人
都发愿不再吃肉，诗云：

我哀篮中蛤，闭口护残汁。

又哀网中鱼，开口吐微湿。

刳肠彼绞痛，过分我何得？

相逢未寒温，相劝此最急。

不见卢怀慎，蒸壶似蒸鸭。

坐客皆忍笑，髡然发其幂！

不见王武子，每食刀几赤。

琉璃载蒸豚，中有人乳白。

卢公信寒陋，衰发得满帻。

武子虽豪华，未死神已泣。

先生万金璧，护此一蚁缺。

一年如一梦，百岁真过客。

君无废此篇，严诗编杜集。

今天的人多么像东坡笔下那个王武子，每吃一餐，

刀子和砧板都染上殷红的血迹，他吃的烤乳猪是喂人乳长大的，这样的人固然豪华，但还没有死已经使众神为之哀泣。苏东坡的看法与白居易一样，我们活在世上，一年就像一个梦那样短暂，我们都是世上的过客，那么，谁有权利可以任意屠宰世界的生物？又有谁够资格能践踏子孙要生存的环境呢？现在我们保护动物、爱惜环境的观念已逐渐觉醒，但一般总是站在以人为主的立场，是为了维护人类的生存，我觉得更进一步的观念应该是：人人都是过客！人并不是这世界的主人！

苏东坡还有两首短诗非常好，也阐明了这个观念：

煮菜

秋来霜露满东园，芦菔生儿芥有孙。

我与何曾同一饱，不知何苦食鸡豚？

次韵定慧钦长老见寄

左角看破楚，南柯闻长滕。

钩帘归乳燕，穴牖出痴蝇。

为鼠常留饭，怜蛾不点灯。

崎岖真可笑，我是小乘僧。

　　我们看一看，芦菔有儿子，芥菜也有孙子，我们何德何能破坏大地呢？就是连乳燕、痴蝇、老鼠、飞蛾都是值得怜悯的，哪有什么差异呢？与苏东坡同期的黄庭坚有一首短诗："劝君休杀命，背面复生嗔。吃他还吃汝，循环作主人。"让我们想一想，到底谁才是真正的主人呢？

　　宋朝充满豪情的诗人陆游，也有多首护惜生命的细致诗歌，我们来看收在《陆放翁全集》的三首戒杀诗：

其一

血肉淋漓味足珍，一般痛苦怨难伸。

设身处地扪心想，谁肯将刀割自身。

其二

晨兴略整案头书，日入庭花始扫除。

未免叮咛惟一事，临池莫钓放生鱼。

其三

惜身谁肯轻伤发，止杀先从莫拍蚊。

老负明时无补报，惟将忠敬事心君。

诗人甚至觉得连蚊子都不可轻易杀害，那是因为即使小如蚊子也有痛苦呀，陆游另有一首《当食叹》也十分动人：

> 黄鹤举网收，锦雉带箭堕。
> 藉藻赪鲤鲜，发莒苍兔卧。
> 吾侪亦何心，甘味乐死祸？
> 贪夫五鼎烹，志士首阳饿。
> 请言观其终，孰为当吊贺？
> 八月黍可炊，五月麦可磨。
> 一饱端有余，努力事春簸。

每次读到诗人如此清澈澄明的心灵，总让我拍案低回良久，想到从前的所作所为，以及整个社会的所作所为，不禁感到惭愧，心情正如元朝大诗人赵孟頫的诗："同生今世亦前缘，同尽沧桑一梦间。往事不堪回首论，放生池畔忆前愆。"能同生在此时此世界的人与动物，无不是前缘所定，赶尽杀绝又为了什么？明朝陶周望的诗里有这样的句子："一虎当邑居，万人怖而走。万人俱虎心，物命谁当救？"在我们的时代，追肥逐甘的食客正像具有虎心的人，一个岛上居住了千万有虎心的人，有谁来拯救动物的生命呢？

明朝以后仍然继承了惜生的传统，爱惜动物生命的诗篇多得不可胜数，像明朝大诗人方孝孺有一首《勉学子》诗：

> 莫驱屋上乌，乌有反哺诚。
>
> 莫烹池上雁，雁行如弟兄。
>
> 流观飞走伦，转见天地情。
>
> 人生处骨肉，胡不心自平。
>
> 田家一聚散，草木为枯荣。
>
> 我愿三春日，垂光照紫荆。
>
> 同根而并蒂，蔼蔼共生成。

乌鸦、雁与人一样都有情感，何忍驱之烹之呢？读到这里，或许有人会生起疑惑：什么动物都不要杀，难道要吃素不成？正是如此，历代诗人——写下这些动人篇章的诗人——大部分是素食者，因为当一个人看清了生命的珍贵与无可替代，如何忍心举起筷子呢？这种慈爱万物的心情，我认为正是中国诗歌中极其珍贵的遗

产，如果能爱命惜生就更能贴近这些诗人的心灵。清朝
诗人吴梅村有一首《劝素食》的诗：

> 莫谓畜生微，与人同气血。
> 但恣我肥甘，不顾他死活。
> 痛口说向君，畜生非是别。
> 过去之六亲，未来之诸佛。

读了历代诗人的惜生诗歌，使我们感到欣慰，原来
保护动物的观念不是来自西方，是我们古已有之，只是
被现代人的口腹之欲所覆盖罢了。今天我们提倡动物的
保护，不只是在追随先进国家的脚步，也是在连接我们
固有的好传统。

爱护一切动物是所有人的责任，古来不只是诗人如
此，连有德的皇帝也是一样，最后，我们来读清高宗乾
隆皇帝的一首《雉将雏》：

> 行行麦陇边，见一雉将雏。
> 雏儿才长成，哑哑学母呼。
> 翅软未解飞，嘴嫩未能食。

饮啄与游翔，皆赖顾复力。

儿今依其母，母乎爱其儿。

一朝羽翼全，那料南北飞。

有童持长竿，捕雏何遽遽。

老雉虽善飞，绕匝不忍去。

雏儿颇有智，藏伏荆棘间。

棘密难探取，儿童怅空还。

须臾童去远，老雉还来视。

母子得全活，鼓翼心倍喜。

尔童一何忍，尔雉一何慈。

孰谓天良心，人禽乃倒之。

观物可会心，抚古常自镜。

今朝忽见此，大愧中牟令。

倾听古代诗人心灵的声音，真能给我们当镜子，我们看到母雉如何呵护雏雉的情景，在心灵中会升起清明的感叹，假若一个人没有慈心，与长了尾巴的有何不同？甚至还不如动物呀！

看到数十万、数百万的鸡鸭被焚烧，稍有良知的人能不心惊毛竖吗？

选猫头鹰做国王

在雪山里，住了一大群鸟。

有一天，鸟们群集在一起商议："我们应该共同来推举一个国王，立一些规矩，使大家有约束，不做坏事。"

接下来，大家就讨论："那么，谁应该做我们的国王呢？"

一只鸟说："应该选白鹤做国王！"

另一只说："不行，因为白鹤腿高脖子长，如果触犯它，它很方便啄破我们的脑袋。"

一只鸟说："应该选鹅做国王，因为鹅的羽毛洁白，受众鸟的尊敬。"

许多鸟都说："不行！鹅的羽毛虽然很白，可是它的脖子又长又弯，连自己的脖子都伸不直，如何使大家都正直，如何做公正的事呢？"

又有一只鸟说:"我推选孔雀,因为它的羽毛五彩缤纷,看到的人都欢喜。"

"不行呀!孔雀的羽毛虽好看,却使它不懂得羞耻心,每当它开屏跳舞的时候,又露出了傲慢的丑态。"众鸟说。

还有一只鸟就建议:"我看猫头鹰是最适合做国王的,因为它白天休息,晚上才出来活动,正好可以在晚上守护我们的安全。"

众鸟听了,议论纷纷,最后都觉得猫头鹰是群鸟里最适合做国王的,正准备推举猫头鹰做王。

这时,有一只很有智慧的鹦鹉,就站出来反对,它说:

"千万不可以呀!我们所有的鸟都是白天求食,晚上睡觉,只有猫头鹰是白天睡觉、晚上活动,如果让它做国王,就会派很多侍卫在白天保护它,到时候大家白天晚上都不能睡觉,一定会痛苦不堪呀!"

众鸟听了鹦鹉的话都表示同意。鹦鹉又说:"猫头鹰在欢喜的时候,我们看到它都心惊肉跳了,何况它一发怒,立刻翻脸无情,它的脸我们连看都不敢看了,何况是选它做国王!"

所有的鸟想到猫头鹰那狰狞的面目，都赞叹地说："鹦鹉说得真对，可见智慧明事理，不在年纪高，也不在力量大，更不在外表好看。"于是，众鸟聚在一起商议说："这只鹦鹉爱好和平，明白事理，想到长远的观点，又敢说别鸟不敢说的话，这样的鸟正适合当我们的国王呀！"

一致推举了鹦鹉做众鸟的国王。

这是在《法苑珠林》里的一个故事。每当有人问我对政治、社会的乱象看法如何，我就会说这个故事给他听。在原文里，鹦鹉形容猫头鹰（土枭）的偈语是：

欢喜时睹面，常令众鸟怖。

况复嗔恚对，其面不可观。

我们看政治人物，不是在看他的年纪高、力量大，也不在外表好看，而是要看他的平常心、平常事，如果平常的行为举止都已经粗暴，令人害怕，一旦这样的人执政掌权，就会"其面不可观"了。

《杂譬喻经》中也说：

"驴子被狮皮，虽形似狮子，而心是驴。"如何能分辨狮子或驴子呢？在《大集地藏十轮经》中说："有驴被狮子皮，而便自谓，以为狮子。有人遥见，谓真狮子。至及鸣已，皆识是驴。"

我们看政治人物、社会人物也是如此，听听他原来的叫声，看看他的行为，衡量一下他的动机，那么是驴是狮也就易于辨别了。讲话就是"三字经"，粗鲁无文，动不动就拳打脚踢，暴怒不能自制的人，到了重要时刻，我们怎能要求他们为人民谋福祉呢？

我们求菩提道的人也是如此，修行无非是平常心、平常事、平常饮水，是在做身口意的检验与提升。假若平常的身口意不能自主，在嗔恚时就会全面失控，那时就会叫出驴子的叫声了。

宫本武藏观斗鸡

> 在更高的地方，
>
> 有一对眼睛，
>
> 看着我们。

买了一本日本的画册，其中有一幅画题目是《宫本武藏观斗鸡》，画的是日本的剑圣宫本武藏拄着他的武士刀，在庭院里看两只鸡正伸长着脖子相斗。

这幅画没有其他的说明，但是看了令人趣味盎然，联想到两只鸡的相斗，很可能是为了一粒米或一条虫，当然或许有更大的理由，例如争取领袖地位，或是求偶什么的。

宫本武藏的一生也是不断在相斗的，特别是当他被公认是日本剑道第一以后，各地的剑客都会来找他挑战，有时甚至没有什么理由，只为了"天下第一"这样的称谓。

宫本武藏一生里最重要的一次决斗，是和小次郎在海边比剑，小次郎的剑术被公认是唯一可以与他匹敌的，甚至有人说他的剑术比宫本武藏还好。但是，最后宫本武藏赢了，在他的传记里，说他的胜利是由于"无心于胜负"的缘故，在两个不相上下的剑手之间，"无心胜有心"。

有一本日本禅宗的书说，宫本武藏后期醉心于禅道，便是由于观斗鸡得到开悟，他悟到的是："在更高的地方，有一对眼睛，看着我们。"这种说法难以查考，却十分引人深思。

在我们看到两只狗为了一块骨头，互相撕咬的时候；看到两群蚂蚁为了一块糖，尸横遍野的时候；看到两条斗鱼为了地盘，冲撞至死的时候……很少人会想到"在更高的地方，有一对眼睛，看着我们"。如果有一个更广大开阔的心，看到这种争斗，都能看清其中是多么愚蠢无知。

前几天，看报纸上的一则消息，有两个人为了争执一粒槟榔，竟互相砍杀，甚至闹出人命，就觉得人比斗鸡高明不了多少。

　　有许多人把人生许多宝贵的时光用在争斗上面，殊不知凡有争斗必有损伤，凡有争斗就会使思想陷入蜗牛角里，那时就会失去"更高的眼睛"了。

　　从前有两位武士在森林相遇，同时看见树上挂着一面盾，一位说盾是金的，另一位说盾是银的。

　　先是争执不下，继而相互对骂，再而拔剑相斗，最后各刺一剑。在倒下去的那一刹那，两位武士才看清了，原来树上的盾一面是金的，一面是银的。

　　虽然所有的是非不是像挂在树上的盾那么简单，但是为什么不先把盾看清楚呢？这种清楚的观点正是保有一对更高的眼睛，这一对眼睛可以让人理性对待，找出真相，平等思考对方的观点。

　　一个人要远离是非，远离争辩，远离仇视，或者不是那么容易达到，但是一个人愿意培养宽容，听听异见却不是很困难的，只看态度是不是恳切罢了。

　　"唯其不争，天下莫能与之争！"

　　宫本武藏争斗了一生，到晚年时才悟到"无心于胜负"的可贵，使他成为日本人心中不朽的剑圣、武圣！这是十分幸运的，大部分的莽夫，则多是争斗到死，还没有悟到那对更高的眼睛。

听说宫本武藏开悟以后曾手绘一幅《布袋和尚观斗鸡》，自题为"无杀者，无被杀者，无杀事"来表达自己三轮体空的境界，这幅《宫本武藏观斗鸡》就是《布袋和尚观斗鸡》的仿作，却蕴藏了极深的涵义。

至死犹斗的人，必然会有痛苦挣扎的人生，含恨郁郁，像一条水中的斗鱼，一直到死，漂落鱼缸犹如落叶，但眼睛还睁着，因为对于一条斗鱼，它的智慧使它永远不知道和平相处的滋味！

李铁拐的左脚 🦜

读黄永武教授的《爱庐小品》，其中有一篇谈到李铁拐的文章，非常有趣，引人深思。

黄教授谈到八仙中的李铁拐，跛了一脚，手扶铁拐杖，还背了一个装有灵药的葫芦，他不禁感到疑惑："既然有仙人的灵术、灵药，为什么不先把自己的跛脚医好呢？"

"我猜铁拐李不治好自己的跛脚，是为了向世人展示：重心不重形。仙人重视心灵的万能，不重视臭皮囊的外壳。一般人外形有了残障，回护之心特重，不许别人说着他真正的缺陷处，不幸有人触及讪笑，甚至会动杀机。然而形貌的美丑，是贪恋世间者的品味，凡世味沾染得愈浓，愈不易入道，成道的仙人，早明白'自古真英雄，小辱非所耻'的道理，不会把外形的美丑放在心上的。"

——黄教授下了这个结论。

读到这篇文章，令我想起了自己最早对李铁拐有印象，是从"八仙彩"和"八仙桌"来的。从前的台湾乡下，每逢节庆或嫁娶，门口一定要挂八仙彩，桌子也要围一条八仙彩，绣功细致、艳丽华美，传说一方面可以辟邪，一方面可以讨吉利。

八仙彩上绣着汉钟离、张果老、韩湘子、李铁拐、曹国舅、吕洞宾、蓝采和、何仙姑，形貌各异，而且突出，有老有少、有男有女、有美有丑。我在少年时代就时常想：为什么仙界的人不都是俊美年轻的神仙呢？那集合了老少美丑的仙界不也像人间一样不公不平吗？有什么值得追求的呢？

再进一步想：仙人也会老吗？仙人也会残缺吗？

每次一问大人，他们总是说："囡①仔郎，有耳无嘴，管什么神仙的大志！"最后总是不了了之。

不过，在八仙里我最喜欢李铁拐，因为他最有人味，最有亲和力，传说也最多。李铁拐为什么是跛脚的

———————

① 囡：方言，意为"小孩儿"。

呢？有好几种说法——

一说，铁拐李早年长得非常英俊魁梧，从小就修道。后来，他率弟子在岩穴修行，有一天，太上李老君约他到华山去。他对弟子说："我的身体留在这里，游魂和李老君到华山去，如果七天以后还没有回来，你就把我的身体焚化了。"他的魂魄飞出去之后，徒弟的母亲生了重病，催促儿子回乡。徒弟为了赶回家乡，在第六天就先把李铁拐的身体焚化了。等到李铁拐回到山上，正好是第七天，遍寻身体不着，只好附在一个饿死的尸体上复活，所以李铁拐才会跛脚。（《茶香室丛钞》）

一说，李铁拐活到八百岁，身体坏了，再投于他人的身体再生。（《铁围山丛谈》）

一说，拐仙原来姓李，在人间就有足疾，后来受到西王母的点化成仙，封为"东华教主"，授以铁杖一根。（《山堂肆考》）

虽然说法有很多种，其实都是从"人间观点"来看的，李铁拐早入了仙籍，怎么还会有人间的身体、人间的残疾呢？因此，我很赞同黄永武教授的说法，李铁拐的跛脚是一个象征，象征不论在人间或天界，都充满了缺憾，不能圆满。李铁拐的跛脚也是一种示现，示现事物没有十全十美，连神仙都不免有跛足之憾，人间的遗憾也就没有什么不能承受了。

李铁拐的葫芦中的灵药虽可以解救天下苍生，却不能治愈自己的病足，看起来似乎是矛盾而吊诡的，深思其义，会发现这是人生中的真情实景。我们很容易帮助别人渡过难关，可是自己遇到难关却总是手足无措。我们站在局外时常可以给人觉醒的灵药，一旦当局者迷，就会陷入闷葫芦中，哪有什么灵药呢？即使是人间最了不起的医生，生病了也要找别的医生诊疗呀！

在这苦难缺憾的人间，每次一想到李铁拐，心里就会感到一阵温暖。我们在人间游行，事无全美，福无双至，人人都是跛了一只脚的人，而觉悟者的最先决条件，便是承认自己的残缺，承担自己的病足。

最令人忧心的人，是自以为完美的人；最令人担忧的社会，是文过饰非的社会。不论人或社会，谁没有一些痛脚呢？怕的是不能相濡以沫、互相提供灵药罢了。

逐鹿天下，无限江山 🦌

从前在京剧和地方戏中，看见的项羽莫不是大花脸，须发飞扬，言语狂放，而刘邦呢，多是英俊小生，宽容、仁慈、文质彬彬。

一般人习染于戏曲既久，自然会对项羽和刘邦产生两极的偏见，偶有同情西楚霸王的，也会先入为主地认为他是一个粗男子。

最近到剧院去看明华园歌仔戏《逐鹿天下》，看到了对刘邦和项羽的诠释，与之前的《楚汉相争》完全不同。项羽竟然是一位俊秀的翩翩佳公子，不仅武功盖世、豪气干云，而且充满真情，情有独钟，为了虞姬，宁可放弃江山。刘邦则被描述成一个丑角，每天赌钱厮混，五短身材，胆小如鼠，笑话百出。在这出戏里，刘邦仅有两个优点，就是他讲义气以及运气好。

这两位条件完全不能相提并论的人，一个看似英雄，一个看似狗熊，争夺天下，最后刘邦竟先进了咸阳，有了天下。看到最后的结局，真令人扼腕叹息，感觉到了真正的英雄人物那种可悲的情怀。

当然，戏剧不是历史，并不能反映历史的真相，因为在《史记》里，项羽固然是"彼可取而代之"的英雄人物，刘邦又何尝不是"大丈夫当如是也"的豪气干云的人中之龙呢？

在司马迁的笔下，项羽和刘邦都不是天纵英明的人。

项羽小的时候不喜欢读书，也不喜欢学剑，只喜欢读兵法，可是兵法也学得潦潦草草，不肯多学。比较特殊的是，他身高八尺余，力能扛鼎，才气纵横，有两个瞳仁，故乡的年轻人看到他都畏惧三分。

刘邦的少年时代更不堪，他出身农家却不事生产，好逸恶劳，喜欢酒色，就像一个不良少年，连喝酒也不付钱。他的优点是为人豁达，不拘小节，而且天生容貌很好，鼻子高挺，长相像龙，有漂亮的长胡子，左腿上有七十二颗痣。

这样两位不是顶特殊的年轻人，后来与天下英雄一样起来反秦，但在岁月的历练中，逐渐发展成为非普通人。项羽虽然武功盖世，却变得骄傲、暴躁和专断，而且心肠软，在几次关键时刻（像鸿门宴）都不忍心杀刘邦，从而埋下了失败的种子。刘邦的性格则日渐成熟，加上有张良、韩信、萧何、曹参、樊哙等文臣武将的辅佐，竟势如破竹，声望愈来愈高，而且在好几次危险关头都如有神助，化险为夷，逐渐走向成功之路。

楚汉相争最动人的是项羽被困于垓下，四面楚歌，他在帐中饮酒，看着自己心爱的虞美人和千里马，满怀悲愤地唱着：

力拔山兮气盖世，
时不利兮骓不逝。
骓不逝兮可奈何？
虞兮虞兮奈若何！

英雄气短，末路狂歌，最后，他自刎于乌江，把自己的首级送给从前的旧部、后来投靠刘邦的吕马童。项羽死后，遗体被砍成五块，大家抢成一团，最后刘邦把万户的土地分为五份给抢到五块项羽遗体的人。

　　我少年时代读《史记·项羽本纪》，读到结局时感慨不已，想生命的追求如此惨烈，使得一代英雄豪杰落得鲜血淋漓的下场。这一次看了明华园的《逐鹿天下》，等于给"楚汉相争"的历史翻了案。我看完表演，在剧院旁的池塘边散步，不免想，是谁在写历史？什么才是历史的真相呢？得了天下的刘邦又怎么样？他大杀功臣，晚年得了重病，要更换太子刘盈为戚夫人生的儿子如意而不可得，最后对着戚夫人高歌：

> 鸿鹄高飞，一举千里。
> 羽翮已就，横绝四海。
> 横绝四海，当可奈何？
> 虽有矰缴，尚安所施！

　　虽有弓箭，又有何用？要射向哪里呢？
　　在历史里，人的一生是多么短促，成王败寇，有得有失，最后项羽是无可奈何，而刘邦是茫然无措。江山虽然等待英雄人物来逐鹿，可是江山有待而江山也无情，所有的盖世英雄，最后不都是在短促的岁月中、在如此多娇的江山前折腰吗？

今年的文艺季，除了《逐鹿天下》，另一出大戏是当代传奇剧场的《无限江山》，描述的是南唐末代皇帝李后主华丽而悲剧的一生。

我们凡夫俗子不能逐鹿天下，看看历史的兴衰也就很好了，反过来说，一个人如果心中有无限江山，也就无所争，也不必逐鹿了。

可叹息的是，正在逐鹿天下的人，有多少是因为自己的私心？有多少是真正珍惜江山？回家时，见满街的竞选的旗帜在暗夜中飘扬，我的感触更深了。

在旗上飘扬的人名与相貌，全都会是历史的过客，都一样渺小、一样短促、一样要折腰！历史真相虽然难明，但公道自在人心。但愿人人不只逐鹿天下，也都能珍惜江山与人民。

飘落的秋叶，比春花更艳红 🍂

药山禅师和两个弟子在山道上散步。

药山禅师指着山上的两棵大树：一棵已经枯干了，一棵正欣欣向荣。

他问道吾："枯者是？荣者是？"

（是枯干的对呢，还是欣荣的才对呢？）

道吾："荣者是！"

（当然是欣欣向荣才对呀！）

药山禅师说："灼然一切处，光明灿烂去！"

（你看这个世界多么清楚，世界就是这么光明灿烂的！）

他又问云岩："枯者是？荣者是？"

云岩："枯者是！"

药山禅师说："灼然一切处，放教枯淡去！"

（你看这个世界多么清楚呀！世界就是如此枯干平淡，没有多余的枝叶呀！）

药山禅师又问刚跟上的第三个徒弟高沙弥："枯者是？荣者是？"

高沙弥说："枯者从他枯！荣者从他荣！"

（枯干的任它枯干，欣荣的任它欣荣，我只是静观，我不介入。）

药山禅师说："不是！不是！"

公案到这里就结束了，其余的让我们参。

为什么不对呢？到底要如何才是对呢？

年轻的时候参这个公案，如堕五里雾中。到知天命之年才恍然大悟，人不应该只是静观，应该有感有情有灵有性，与天地一起枯荣。

"离离原上草，一岁一枯荣。"甚至只是一株小草，也能探知生的消息、死的神秘。枯是荣所伏，荣是枯所倚，在枯荣之间，不能无感！

禅师本来就应该善感，否则不会觉得悟之必要，也不会写诗偈、立公案、留语录，更不会"大悟十几回，小悟数百回"了。

作家本来就应该善感，否则不会在平凡中见奇绝，在不可爱中发现可爱，在不可能时创造可能。

荣是生命中的希望，对善感的人是好的。

枯是生命中的凄凉，对善感的人也是好的。

停车坐爱枫林晚，

霜叶红于二月花。

在枫林与晚霞中，观见了，在寒霜里即将凋零的枫叶有一种生命的艳红，比二月的春花还要红，还要摄人的眼目。

爱春花者，必爱秋叶。

枯也荣也，同一体性，生命善感，必能体之。

我们的心中，都有一枯一荣的树，成功与失败比肩，挫折与顺境相容，欢乐与忧伤并蓄。

在曲曲折折的人生、起起落落的境遇里，看的不是某一个定点，看的是我们怎么体会，看的是我们如何观照，看的是我们往何处追寻！

纯粹的法门

在西藏有一则故事，是说有一位噶当派的祖师有一天比平时卖力地打扫佛堂，因为他知道有位大功德主即将来访，而他心里想："如果我把佛堂打扫得更干净，这位施主一定会捐赠更多的金钱。"于是，他花了许多时间把佛堂打扫得焕然一新。

打扫到快完成时，他突然顿悟到这是不清净的想法，不应该为了得到别人的布施而打扫佛堂，他抓起地上的灰尘往佛堂撒去，佛堂又恢复了旧观，祖师则拍拍手离开了。

我很喜欢这个故事，因为它说明了人的动机最重要。打扫佛堂原来是一件神圣庄严的事，但因为有企求布施的心，心灵反而受到污染。外相的行为虽然也是重要的，若是动机不纯正，就仿佛恶人的衣冠，再好也无法改变它的本质。

　　还有一个西藏故事：有一位上师已有很高的证悟，具有他心通的能力。他的弟子中有一位专诵六字大明咒，非常精进，几乎整日口不离咒。

　　上师把弟子叫来，对他说："你的咒诵得很好，可是最好修一些纯粹的法门。"

　　于是，弟子就改修读经，仍然是非常精进，终日不离经典，希望借不断读经来证悟成佛。

　　上师知道他的意念，把他叫来："你的经读得很好，但你最好修一些纯粹的法门。"

　　弟子听了上师的话，又改习禅定，过了一段时间，上师仍劝他修一些纯粹的法门。

　　大惑不解的弟子就去请教上师："什么是纯粹的法门呢？难道诵咒、读经、禅定不是纯粹的法门吗？"

　　上师回答说："动机里没有自私的意念，纯净地为众生而修行，做到完全无我，这就是纯粹的法门。"

　　所谓纯粹的法门原来是完全的利他之心，只要丝毫为己就是不纯粹了。

　　谨慎行事当然是修行人的重点，但清净的内心则是修行人的根本，如果心不清净，行为就有污点，就会带来痛苦和烦恼，像念咒、读经、禅定、清理佛堂如此纯粹的事，都应该有更纯粹的基础，何况是世间那些本来就很不纯粹的事呢？

观照世间的音声 🔖

从前有一位屠夫，脾气非常暴躁，他和寡母住在一起，然而他非但不孝顺母亲，还常常怒骂老母，有时喝了酒回来甚至动手毒打母亲。

屠夫的母亲对生出如此忤逆不孝的儿子，只有自恨业障深重。她家里供有南海观世音菩萨的圣像，她每天跪在菩萨面前忏悔宿世业障，并恳求菩萨感化忤逆的恶子，使她未来的日子有所依靠。

屠夫的家住在往南海普陀山必经的地方，每年春天二月十五日是观世音菩萨生日，去朝南海普陀山的香客特别多，屠夫看到络绎不绝的人路过去南海，就对观世音菩萨起了好奇之心，心想：如果菩萨没有感应，怎么能感动这些千里迢迢的人？同时又常听到从南海回来的人说，只要诚心，就可以在山上看见活的观世音菩萨。

因此，这屠夫就决心去朝一次南海，有一个春天他随着一群香客，一起到普陀去朝山。

到了普陀山，屠夫心急地跑遍全山各寺院，却总没有见到活的观世音菩萨，他不但大失所望，心里还起了恨意，正在埋怨的时候，走到"潮音洞"前，看到一位道貌岸然的老和尚坐在那里。屠夫就跑过去问："老师父！听说你们普陀山有活的观世音菩萨，我来找了几天都没看见，到底活的观世音菩萨在哪里？请你告诉我！"

老和尚说："你想见活观世音菩萨，现在赶快回去，菩萨已经到你家里去了，你火速回去拜见，千万别错过机会。"

屠夫想一想说："可是我不知道到我家的菩萨是什么样子，请师父指点，免得见面不相识，当面错过！"

老和尚说："你回家看见一位反穿衣、倒搭鞋的老婆婆，那就是你所要求见的观世音菩萨，你见了，要好好地诚心诚意跪下拜见，不可稍有怠慢！"

听了老和尚的话，屠夫急忙兼程赶回家里想见活观音，赶回到家时已经是半夜十二点了。

话说他的老母，自从儿子去朝南海，每天不断在观音菩萨像前烧香祈愿菩萨感化逆子，因为至心哀求，每天都拜到深夜才就寝。那一天夜里她刚拜完菩萨上床去睡，万万想不到儿子会在半夜回家。

屠夫回到家看到家门紧闭，由于他一向对母亲从未好声好气，再加上心急，不但大呼小叫地呼喊，还用力捶打门户，叫妈妈来开门。母亲在睡梦中被叫骂声吵醒，一听是儿子的声音，简直吓坏了，自恨睡得太沉，触怒了这个活阎罗，恐怕逃不了一阵毒打。由于害怕心慌，衣服反穿身上、鞋子倒搭脚上，匆忙跑来开门。

老太婆战战兢兢把门打开，屠夫抬头一看，吓得对母亲纳头便拜，嘴里连称："弟子某某，拜见观音老母。"他母亲被弄迷糊了，对他说："你不要认错了，我是你妈，不是什么观音老母。"

屠夫说："不会错，我在南海时有位老和尚告诉我，回家看见反穿衣、倒搭鞋的人，就是活观音菩萨，我没有看错，你就是观音老母！"

老太婆看看自己的穿着，心魂甫定，知道是观音大士教化逆子，就壮起胆子说："你在家里连自己的母亲都不肯孝养，还想去南海见活观音，哪里有忤逆不孝的人能亲见菩萨的圣容？那对你讲话的老和尚就是活观世音菩萨，因为你这样不孝，怜悯你以后一定会遭到恶报，所以教你回来孝养母亲，就和拜见活观音一样的功德！"

屠夫听了，良心发现，从此改恶向善，再也不杀生当屠夫，改行做小生意，并且成为一个非常非常孝顺的人。

这一个故事改写自煮云法师著的《南海普陀山传奇异闻录》，我读了非常感动。虽是传奇异闻，却有十分深刻的启示，观世音菩萨其实不只在普陀山，而且在每个人的眼前、在每个人的身边，我们最亲爱的母亲不就是活的观世音菩萨吗？如果一个人不能孝顺父母，即使到了普陀山又能怎么样呢？

我们中国有句老话说"家家弥陀佛，户户观世音"，用以说明净土思想、阿弥陀佛、观音菩萨的普遍深入人心，几乎每个家庭都供奉。我觉得这句话还应该从另一个角度看，就是说家家都有阿弥陀佛、户户都有观世音菩萨，不只是存在遥远的虚空之中。也就是说，对于养育我们的父母、扶持我们的兄弟姊妹、互相帮忙的街坊邻居，甚至我们生病时为我们看病的医生、我们找路时帮我们指出方向的路人……我们都应该生起佛菩萨想，有敬爱、珍惜感恩之情，唯有在人世里如此，我们才能在点火烧香的菩萨形象之前，看见许多活生生的菩萨。也才能确信我们生活的地方不仅是娑婆，也是净土！不只是五浊的世界，也是清净的法界！

除了处处是观世音菩萨，更好的是自己也立志发愿做观世音菩萨，正如煮云法师在书中说的："凡是信佛的人，对于观世音菩萨，是怎样成道，应有寻根问底的必要，若只是天天去拜观音、求观音，不如想个办法，要自己去做成一个观音。"怎么样才能做观世音呢？有一首偈说："内观自在，十方圆明；外观世音，寻声救苦。"

当我们能在内心有圆明自在，能观照拯救世间苦难的音声，这时心里就端端正正坐着一尊观世音菩萨，有温暖的火、智慧的馨香、慈悲的光芒！这一尊观世音与道场里庄严披璎珞的观世音、与普陀山传奇的观世音、与西方净土的观世音、与十方法界的观世音都是无二无别的！

在中国民间，观世音菩萨叫"观音娘娘"，台湾人叫"观音妈"，我好喜欢这个称呼，多么可亲、多么温暖，仿佛听见了自己在心底呼唤妈妈的声音。不管如何

　　称呼，如果一个人在对待世界时，有像妈妈对待儿子那样温柔、宽容、慈爱、无怨、充满了光明的期许与伟大的希望，那就是从紫竹石上长出一株美丽无比的紫竹，紫竹林的观世音菩萨就会露出温煦的微笑了。

　　光是从观世音菩萨的名号，只要我们的心够细致，就能够体会到那无量无尽的慈悲呀！

第三辑 会心不远

悟者，吾心归处

"我思，故我在！"

没有思想，就没有我的存在。没有怀疑，就没有真理。

我想起丹霞天然禅师，在天寒地冻的雪夜，把庙里的佛像拿来烧火取暖。

庙里的和尚非常气愤，质问他："你怎么可以烧佛像呢？"

"我烧来看看，佛像里有没有舍利子！"

"佛像里怎么可能会有舍利子？"

"既然没有舍利子，再拿几个来烧吧！"

佛像最真实的意义，不在他的外表，而在他是一个思想的象征，是佛法的表现。如果只知道礼拜佛像，却不去探索佛的思想，不去了解佛法的实意，那还不如烧了吧！

　　丹霞天然不是在烧佛像，而是希望大破大立，让寺里的和尚了悟"我思，故我在！"

　　"悟"，乃"吾心归处"，正是"我思，故我在！"

苦行如握土成金

"我苦，故我在！"

苦，是人生里最真切的感受。

佛教就是根源于苦的宗教，是希望能"离苦得乐""拔苦与乐"的宗教。

苦比乐优于见道，因为苦比乐敏锐、锋利、绵密、悠长、广大、无法选择、不可回避。

在苦谛的世间，痛苦兵临城下，就会感受到真真实实的存在。

因此，苦的时候，不要白白受苦，总要苦出一点存在的意义，苦出一些生命的超越。

　　若契本心，发随意真光之用，则苦行如握
土成金。

　　若唯务苦行而不明本心，为憎爱所缚，则苦行如黑月夜履于险道。

　　僧那禅师如是说。

　　如果能契入存在的本心，启发随意光明的妙用，苦行就像握着泥土变成黄金。如果只知道苦行，却不明白体会本心，被怨憎和贪爱所束缚，苦行就像黑暗的夜晚在险峻的路上行走。

　　苦行是这样，生命中的苦难也是这样，苦难是人生路上的泥土，只有深切体会苦谛苦境的人，能把泥土握成黄金。

　　我们每天都在走出东门、西门、南门、北门呀！就只有释迦牟尼每次都看到了"我苦，故我在！"也证明了"我已解脱，苦也寂灭！"

　　知苦、断集、慕灭、修道，哪一个不在当下呢？

　　"热即取凉，寒即向火。"每次遇到生命的苦冲击时，我就想起长沙景岑禅师的话语："热了就去乘凉，冷了就去烤火。"生命就是如此，快乐时不要失去敏锐的觉察，痛苦时不要失去最后的希望！

草先萌

垦地播种的人都有一个经验，花未发而草先萌，禾未绿而草已青。

那草是不是从空中来的呢？

不是凭空有草，而是草的种子先在土地里，垦地时它就长了，播种时它已冒出头来。

同样的，一个人垦殖心田，常是草先萌长，那是人的心田早有障蔽，这时要努力除草，勿令恶念蔓延，花才有开的机会。

每天都是莲花化生

　　一群人围在一起念佛，佛声远扬，一位法师走过来，突然问："你们念佛做什么呢？"

　　这一问，使大家都沉默了，一位善男子说："往生西方净土。"

　　法师说："往生净土是为了什么呢？是为了享福吗？"

　　众人默默。

　　法师说："你们在这里要好好做事呀！你们到净土去就无事可做了，因为净土的菩萨、贤圣、善人修行都比你们好，没有人需要你们的布施、救度，这里有这么多人需要你们的布施、救度，好好做吧！"

　　说完，法师走出人群，却又回头问说："往生净土是从什么生出来？"

"是莲花化生。"有人说。

"要做到每天都是莲花化生，往生净土才有希望呀！"

说完，他的背影就远了。

那天从寺庙出来，突然听见小店播放流行歌曲，有这样两句：

怎么走都会有路，

看今天有如梦醒。

小孩子的心境

　　我每次看到天真无邪的小孩子，都会想到《金刚经》中的话："应无所住而生其心""过去心不可得，现在心不可得，未来心不可得"。对于我们这些大人要花费半生心血才能体悟到的东西，孩子天生已具足了。甚至像禅宗说的"当下即是""无牵无挂"，在孩子的心境上也可看见。

　　近读思想家唐君毅的著作，看到他写孩子的片段，他说："有人说天才便是时时能恢复童年心境的人。""我想小孩子的心境有几点特征：一是能忽然忘了过去之一切，纯粹沉没现在；二是对于极简单的事发生浓厚的兴趣，因他能将全生命向一点事贯注；三是莫有未来的忧虑，所以小孩子与宇宙本体最接近。人能常有小孩子的心境，便可以不要学哲学了。"他提出的这三点都与"禅"的某些本质接近，可见，小孩子的心境是颇具禅味的。

唐先生又说："人要回复小孩子的心境，第一是要少忧虑，第二是要从容。"

我想，人要修行也是如此，太忧虑和太焦虑的人是难以修行的。

正如禅师说的："快乐无忧是佛！"

说得那么好，孩子是快乐无忧的，看到孩子我们也应该生起佛想。

璎珞粥 🔖

　　《禅林象器笺》中记载了三种从前禅寺里吃的粥：一是五味粥，二是璎珞粥，三是红调粥，说吃了对人的健康极有益。五味粥是八宝粥，红调粥是红豆稀饭，都是一般人常吃的，那么，璎珞粥是什么呢？

　　原来璎珞粥是把米煮成粥，然后下野菜，那粥里以野菜牵连，有如璎珞，所以得名。从读到"璎珞粥"的名称以后，我就喜欢吃野菜和米煮成的稀饭，有时用黄澄澄的小米来煮，更像璎珞，吃起来有特别的美味。可见名称是很重要的，一样是稀饭，因为冠了"璎珞"二字，就使平凡立时成为非凡。

　　我向来对稀饭情有独钟，想是童年养成的习惯，从前的早餐没有现在花样多，早餐吃的都是地瓜稀饭配酱菜和豆腐乳，偶尔吃到"清粥小菜"（就是没有加番薯的稀饭和几个小菜）已经够让人欣喜了。

后来一提到早餐，立刻想到地瓜粥，成为脑筋最自然的反射。

不只是早上吃稀饭，在"坏年冬"（收成不好的时节）常常是三餐都吃稀饭。

农忙时节，农夫早上下午各要吃一次点心，也就是一天吃五餐的意思。在我们家乡，通常早上的点心吃咸粥（闽南语叫"饭汤"，是用香菇、竹笋、猪肉和饭一起煮的），下午的点心则是绿豆稀饭。我到现在还常常想起一群人蹲在田岸喝粥的情景，由于工作劳累，大家喝起稀饭稀里呼噜，颇能感觉到在收成时生命的美好。

我对吃粥的印象美好，多半的时候是想到因为经济因素，家里不得不吃粥，很少想到，粥对人的健康是极有益的，直到后来在佛教的律仪里读到"粥有十利"的说法，才知道对于健康，粥比其他食物更能资益身心。据《摩诃僧祇律》指出，粥有十种利益：

一、资色：资益身躯，颜容丰盛。

二、增力：补益衰弱，增长气力。

三、益寿：补养元气，寿算增益。

四、安乐：清净柔软，食则安乐。

五、辞清：气无凝滞，辞辩清扬。

六、辩说：滋润喉舌，论议无碍。

七、消宿食：温暖脾胃，宿食消化。

八、除风：调和通利，风气消除。

九、除饥：适充口腹，饥馁顿除。

十、消渴：喉舌沾润，干渴随消。

由于有这么多利益，因此说粥是"饶益行者，故称良药"。

还有一些律典也指出吃粥的利益，多不出这十利，像《四分律》就说粥有除饥、除渴、除风、消宿食、大小便调通等五种利益。

佛教丛林以粥为主食，开始得很早，据《十诵律》的记载，从前释迦牟尼佛在迦尸国竹园中安居时，有一些居士常做八种粥来供佛，这八种粥是酥粥、油粥、胡麻粥、乳粥、小豆粥、摩沙豆粥、麻子粥、清粥，可见粥的种类很多，而佛陀当时就鼓励僧专食粥。

看到佛经里对粥的记载，使我们知道粥对人有很大的利益，而中国传统以粥为早食也是合乎健康的。不像现在大饭店的早餐，一早就是牛排大餐，昨夜的宿食未消，早上就大吃大喝，怎么"吃得消"呢？

　　如今在台北，早上要吃粥越来越不便，连豆浆烧饼都越来越少，逐渐被速食店的油炸早餐，以及火腿蛋、三明治所取代，这些东西远不如清粥小菜有益健康，可是现代人哪有时间想那么多呢？

　　我虽住在城市里，却总在早上煮一锅粥、放一些青菜，然后配着豆腐和腐乳吃早餐，如果说米和青菜是"璎珞粥"，豆腐和腐乳就是白玉和黄玉了。

　　吃的时候，我会忆起昔日乡下蹲在田岸喝稀饭的乡亲，感觉到那流逝的日子也如璎珞，戴在自己的胸前。

人骨念珠 🦊

　　阳光正从窗外斜斜照进，射在法师手上的一串念珠上，那念珠好像极古老的玉，在阳光里，饱含一种温润的光。

　　每一粒念珠都是扁圆形，但不是非常的圆，大小也不全然相同，而且每一粒都是黑白相杂，那是玉的念珠吧！可能本来是白的，因岁月的侵蚀改变了一部分的色泽，我心里这样想着。

　　可是它为什么是不规则的呢？是做玉的工匠手工不够纯熟，还是什么原因？我心里的一些疑虑，竟使我注视那串念珠时，感到有一种未知的神秘。

　　"想知道这是什么样的念珠，是吗？"法师似乎知道了我的心事，用慈祥的眼睛看着我。

　　我点点头。

　　"这是人骨念珠，"法师说，"人骨念珠是密宗特有的念珠，密宗有许多法器是人的骨头做的。"

　　"好好的念珠不用，为什么要用人骨做念珠呢？"

　　法师微笑了，解释说一般人的骨并不能做念珠，或者说没有资格做念珠，在西藏，只有喇嘛的骨才可以拿来做念珠。

　　"人骨念珠当然比一般的念珠更殊胜了，拿人骨做念珠，特别能让人感觉到无常的迅速。修持得再好的喇嘛，他的身体也终于要衰败终至死亡，使我们在数念珠的时候不敢懈怠。

　　"另外，人骨念珠是由高僧的骨头做成，格外有伏魔克邪的力量。尤其是做度亡法会的时候，人骨念珠有不可思议的力量，使亡者超度，使生者得安。"

　　……

　　说着说着，法师把他手中的人骨念珠递给我，我用双手捧住那串念珠，才知道这看起来像玉石的念珠，是异常的沉重，它的重量一如黄金。

　　我轻轻地抚摸这表面粗糙的念珠，仿佛能触及内部极光润极细致的质地。我看出人骨念珠是手工磨出来的，因为它表面的许多地方还有着锉痕，虽然那锉痕已因摩挲而失去了锐角。细心数了那念珠，不多不少，正好一百一十粒，用一条细而坚韧的红线穿成。

捧着人骨念珠有一种奇异的感受，好像捧着一串传奇，在遥远的某地，在不可知的时间，有一些喇嘛把他们的遗骨奉献，经过不能测量的路途汇集在一起，由一位精心的人琢磨成一串念珠。这样想着，在里面已经有了许多无以细数的因缘了，最最重要的一个因缘是：此时此地它传到了我的手上，仿佛能感觉到念珠里依然温热的生命。

法师看我对着念珠沉思，不禁勾起他的兴趣，他说："让我来告诉你这串念珠的来历吧！"

原来，在西藏有天葬的风俗，人死后把自己的身体布施出来，供鸟兽虫蚁食用，是谓天葬。有许多喇嘛生前许下愿望，在天葬之后把鸟兽虫蚁吃剩的遗骨也奉献出来，作为法器。人骨念珠就是喇嘛的遗骨做成的，通常只有两部分的骨头可以做念珠，一是手指骨，一是眉轮骨(就是眉心中间的骨头)。

为什么只取用这两处的骨头呢？

因为这两个地方的骨头与修行最有关系，眉轮骨是观想的进出口，也是置心的所在，修行者一生的成就尽在于斯。手指骨则是平常用来执法器、数念珠、做法事、打手印的，也是修行的关键。

"说起来，眉骨与指骨就是一个修行人最常用的地方了。"法师边说边站起来，从佛案上取来另一串人骨念珠，非常的细致圆柔，与我手中的一串大有不同，他说："这就是手指骨念珠，把手指的骨头切成数段，用线穿过就成了。手指骨念珠一般说来比较容易取得，因为手指较多，几人就可以做成一串念珠了。眉轮骨的念珠就困难百倍，像你手中的这串，就是一百一十位喇嘛的眉轮骨呢！

"通常，取回喇嘛的头骨，把头盖骨掀开，镶以金银，作为供养如来菩萨的器皿。接着，取下眉轮骨，这堆骨头都异常坚硬，取下时是不规则的形状，需要长时间的琢磨。在喇嘛庙里，一般都有发愿琢磨人骨念珠的喇嘛，他们拿这眉轮骨在石上琢磨，每磨一下就念一句心咒或佛号，一个眉轮骨磨成圆形念珠，可能要念上几万甚至几十万的心咒或佛号，因此，人骨念珠有不可思议的力量也是很自然的了。"

法师说到这里，脸上流露出无限的庄严，那种神情就像是，琢磨时凝聚在念珠里的佛号与心咒，一时之间汹涌出来。接着他以更慎重的语气说：

"还不只这样，磨完一个喇嘛的眉轮骨就以宝箧盛着保存起来，等到第二位喇嘛圆寂，再同样磨成一粒念珠。有时候，磨念珠的喇嘛一生也磨不成一串眉轮念珠，他死了，另外的喇嘛接替他的工作，把他的眉轮骨也磨成念珠，放在宝箧里……"法师说到这里，突然中断了语气，发出一个无声赞叹，才说："这样的一串人骨念珠，得来非常不易，集合一百一十位喇嘛的眉骨，就要经过很长的时间，而光是磨念珠时诵在其中的佛号、心咒更不可计数，真是令人赞叹！"

我再度捧起人骨念珠，感觉到心潮汹涌，胸口一阵热，感受到来自北方大漠中流荡过来的暖气。突然想起过去我第一次执起用喇嘛大腿骨做成的金刚杵，当时心中的澎湃也如现在，那金刚杵是用来降伏诸魔外道，使邪魔不侵；这人骨念珠则是破除愚痴妄想的无明，显露自性清净的智慧。它们，都曾是某一高僧身体的一部分，更让我们照见了自我的卑微与渺小。

我手中的人骨念珠如今更不易得，因为西藏遥远，一串人骨念珠要飞越重洋关山，辗转数地，才到这里。在西藏的修行者，他们眉轮骨结出的念珠，每一粒都是一则传奇、一个誓愿、一片不肯在时间里凋谢的花瓣。

我曾经听过一个关于西藏喇嘛美丽的传奇：

在一次围战中，一个士兵正要用枪打死一位老喇嘛时，喇嘛对那个兵说："你可以等一下吗？"

"早晚也是死，为什么要等？"那个兵说。

他的话还未说完，喇嘛已腾空而起，飞上数丈，霎时又坠落下来，落地时竟是盘腿而坐，原来他已经进入禅定，神识脱离而圆寂了。

他的眼角还挂着一滴晶莹的泪。

喇嘛为什么瞬间坐化呢？原来在佛经记载，杀阿罗汉出佛身血者都要坠入无间地狱，这位喇嘛悲悯要弑他的小兵，为免他造下恶业，宁可提前结束自己的今生。那眼角的泪正是莲花上最美的露珠。

记得第一次听这则故事，我也险险落泪，心灵最深的一角被一些无法言说的东西触动。后来每一次每一次，我遇到可恨的人、要动气的事物时，那一角就立即浮起喇嘛纵身飞起的身影，那形影里有无限的悲悯，比我所有的气恨都更深刻动人。

"你可以等一下吗？"这语句里是饱含了慈悲，一点也没有怨恨或气恼，你轻轻重复一次，想到斯景斯情都要落泪的一种无比平静的柔和的语气。这人间，还有什么可以动气的事？这人间，还有什么可恨的人吗？只要我们也做一朵清净之莲，时常挂着悲悯晶莹的露水，那么有什么污泥可以染着我呢？

在空相上、在实相上，人都可以是莲花，《法华经》说："佛所说法，譬如大云，以一味雨，润于人华。"《涅槃经》说："人中丈夫，人中莲花，分陀利华（即白莲花）。"《往生要集》里也说："如来心相如红莲花。"

人就是最美的莲花了，比任何花都美！佛经里说人往生西方净土，是在九品莲花中化生。对我们来说，西方净土是那么遥远，可是有时候，有某些特别的时候，我们悲悯那些苦痛的人、落难的人、自私的人、痴情的人、愚昧的人、充满仇恨的人，乃至于欺凌者与被欺凌者，放纵者与沉溺者，贪婪者与不知足者，以及每一个不完满的人不完满的行为……由于这种悲悯，我们的心被牵引到某些心疼之处，那时，我们的莲花就开起了。

莲花不必在净土，也在卑湿污泥的人间。

如泪的露水，也不一定为悲悯而流，有时是智慧的光明，有时只是为了映照自己的清净而展现的吧！

在极静极静的夜里，我独自坐在蒲团上不观自照，就感觉自己化成一朵莲花，根部吸收着柔和的清明之水，茎部攀援脊椎而上，到了头顶时突然向四方开放，露水经常在喉头涌起，沁凉恬淡，而往往，花瓣上那悲悯之泪就流在眉轮的地方。

我的莲花，常常，一直，往上开，往上开，开在一个高旷无边的所在。

喇嘛眼角的那滴泪，与我心头的那滴泪有什么不同呢？喇嘛说："你可以等一下吗？"我的泪就流在他的前面了。

我手上的这一串人骨念珠，其中是不是有一粒，或者有几粒是那样的喇嘛留下来的？

我恭敬地把人骨念珠还给法师，法师说："要不要请一串回去供养呢？"

我沉默地摇头。

我想，知道了人骨念珠的故事也就够了，请回家，反而不知道要用什么心情去数它。

告辞法师出来，黄昏真是美，远方山头一轮巨大橙红的落日缓缓落下，形状正如一粒人骨念珠，那落日与念珠突然使我想起《大日经》的几句经文："心水湛盈满，洁白如雪乳。""云何菩提？谓如实知自心。"

如实知自心，正是莲花，正是般若，正是所有迷失者的一盏灯！

如果说人真是莲花，人骨念珠则是一串最美的花环，只有最纯净的人才有资格把它挂在颈上，只有最慈悲的人才配数它。

轮回之香 🦋

朋友从国外来，送了我一瓶香水，只因为那香水的名称叫"轮回之香"。

朋友说："在佛教里，轮回原是束缚堕落的意思。轮回之中还流着香气，真是太美了。"

我听了有些迷惘。这几年像香水这样的东西也有两极化的倾向。就在不久之前，有两家极为著名的香水公司，分别把它们的香水叫"毒药""寡妇"，也曾引起一阵流行的风潮。如今突然跑来一阵轮回之香，突破了毒药的迷雾。

"香水只是香水，不管它用什么名称，也只是香水呀！"我对朋友说。

对于那些透过强大的宣传来制造的神话，我往往不能理解；对于为什么小小的化妆品香水之类竟可以卖到八千、一万的高价，我更不能理解。

　　我的不能理解来自我的童年。小学三年级我生了一场大病，到高雄开刀，住在亲戚家。亲戚是化妆品制造厂的老板。我记得他的工厂摆了四口大灶，灶上的锅子永远煮着烟气弥漫的香料，用一个大棒在里面不停地搅拌，香气在一里外就能闻见。

　　煮好的化妆品分成两种：一种是面霜，一种是水状的（大概是香水或化妆水）。水状的放入茶壶冷却，然后一瓶瓶倒在玻璃瓶里批发出去。

　　三十年前①的台湾还是纯手工的时代。由于对那制造过程的熟悉，竟使我后来看到化妆品都生起荒谬之感。我的脑海里时常浮起表姨在黑夜的灯下，用棒子搅动大锅和以茶壶装瓶的画面。

　　在表姨家的一个月，我就住在化妆品工厂的阁楼上，那终日缠绵的香气无休无止地在我四周环绕。刚开始的两天还觉得味道不错。过了一阵子，竟感觉那种香虚矫而夸饰，熏人欲呕。到后来，我躺在阁楼上，就格外地怀念乡下牛粪的气味，还有小路上野草的清气。

　　当年，在台湾南部最流行的香水是"明星花露水"。

---

① 本文选自《随喜菩提》，台湾九歌出版社1991年版。

214

表姨时常感慨地说："如果能做到像明星花露水那么有名就好了。"

我们乡下中山公园山脚有一家茶室，茶店仔查某^①都是喷明星花露水。我们每次路过，闻到花露水和霉味交杂的气息，都夹着尾巴飞快地逃走，那个味道有一种说不出来的龌龊之感。

不久前，我在台北松山路一家小店买到大、中、小三瓶明星花露水，包装还是和三十年前一样，价钱所差无几，三瓶不到两百元。想到多年未联络的表姨，想到人事的沧桑，不禁感慨不已。

我对朋友说到了我对香水的一点沧桑："如果有一家名厂的香水，取名为'牛粪'或'青草'，仕女们也会趋之若鹜吧！"这没有贬抑香水的意思，只是对一瓶香水的广告上所说"一滴香水代表永生，不断转生，追求尽善尽美的和谐，小小一滴即是片片永恒，只要一次接触，神奇的境界顿然开启"，有着一笑置之的态度。

不管是东方还是西方，香水一直是神秘的象征。在我国晋朝的时候，女人为了制造香水胭脂，要先砍桃枝煮水，

① 查某：闽南语，意为"女人"。

心有沉香，不畏浮世：林清玄小语 下

洒遍室内，然后砍寸许的桃枝数千条围插在墙脚四周，并且禁止鸡鸣狗叫，供一个紫色琉璃杯在"胭脂之神"前，自穿紫衣、紫裙、紫带、紫冠簪、紫帽子，虔诚地礼拜。最后，用桃叶刮唇，一直刮到出血，再把血与紫色花朵放在装着汾河水的鼎里煮沸，女人长跪闭目等待，不久就化为香水胭脂了。传说这是我国制造胭脂的开始。

被名为"轮回之香"（Samsara）的香水，传说是那个长跪在西藏佛教圣地札什伦布寺里佛陀像前的人，得到佛的圆满、宁静、祥和、亲切的启示，以数十种自然原料创造的永恒之香。女性用了这种香水就会得到优雅、宁静、自在。

这两段文字，前者出现在明朝伍瑞隆的小品里，后者是二十一世纪新香水的说明书。是不是都充满着神秘、传奇的宗教气氛呢？

不只东西方对香水如此，传说中东沙漠边陲有个地方叫"阿拉伯乐土"（Eudevnon Araba），在《旧约·圣经》的记载就是盛产香水的地方。他们以橄榄树提炼出来的纯白香料置于炭火上焚烧，会散发出神秘优雅、难以言喻的甜美香气。古埃及和罗马王朝的帝王以此作为祭祀，可与神灵交感。希腊人在公元前一世纪就带着这些香料在海上贸易，并直航阿拉伯海和印度洋。这条贸易之路早于我们所熟知的"丝路"，被称为"海上丝路"，或"香之路"。

日本当代的音乐家神思者（S.E.N.S.，电影《悲情城市》的作曲者），以这个传说作为蓝本，写出了极为动听的"海上丝路系列"。我在聆听《阿拉伯乐土》《茶之圆舞曲》《水畔净土》的乐音时，仿佛也闻到了橄榄树那白色的香气。

日本人从江户时代开始就有"香道"之说，更把香水提升至道的层次，研究香味对生理和心理的影响，发展出极富想象力的芳香疗法（Aromachology）。香道是从佛教出来的，香常被用来象征佛法的功德，香道其实就是功德之道。

印度是极早就用香的民族，数千年前就有旃檀香、沉水香、丁子香、郁金香、龙脑香、乳香、黑沉香、安息香等香料。若依使用方法，有香水、香油、香药、丸香、散香、抹香、练香、线香等，排起来洋洋洒洒，正是一本"香道"。

我觉得极有趣的是在印度、中国西藏都有制"香泥"的风俗。他们把牛粪、泥土、香水混合起来，制成一种泥状的东西，作为涂坛场修法之用。香水虽贵，牛粪泥土亦可贵呀！

对于"轮回之香"我于是有不同的观点：在无始劫的轮回之中，如果我们有戒香、定香、慧香、解脱香、解脱知见香等功德之香作为引导，必将引领我们走入更清净的境界。我深信在法界中，必有一个无形无相的香光庄严世界。

但是，再回头一想，这世界，不论古今中外，任何民族都有他们的"香道"，用以涂饰身体，掩盖从身体出来的自然之味，也可见我们的身体是多么不净。佛陀在四念处中教我们常念"观身不净、观受是苦、观心无常、观法无我"是多么深刻而真实的教化呀！

这身体，即使吃的是山珍海味，饮的是玉液琼浆，穿的是绫罗绸缎，涂的是轮回之香，只要过了一夜，无不成为不净的东西。如是观察，就会使我们免除对身相的执著。身相的执著一旦破了，用来庄严不净之身的事物也就不会执著了。

我最感慨的是，现代的香水愈做愈昂贵，香气愈来愈盛，甚至连男人也使用香水，是不是表示现代人的身心一天比一天不净了呢？

飞越冰山 🔖

　　有一年春天，搭飞机从夏威夷到美国东岸，中途的时候，驾驶员报告我们正在飞越阿拉斯加上空，靠近了北极圈，机舱里的乘客纷纷探头往窗外看。

　　窗外的大地覆盖着一片洁白的冰雪，平原、河流、山脉上都是白色，白得令人昏眩。尤其是那些在山顶上的积雪，因为终年不化，更白得刚强而尖锐，在飞机上都可以感受到直而冷的线条，一道道划过冷而寂静的大地。

　　机上的乘客无不为眼前这壮丽、清明、无尘的大地动容赞叹，觉得是人间少见的美景，尤其是我们刚刚从热情、温暖、海洋蔚蓝、阳光亮丽的夏威夷离开，北国的风情就像一口冰凉的清水灌入了胸腹，再加上有了很高的距离，再冷的景致也无不温馨而美丽了。

那时是春天，虽然看着遍地的冰雪，大家也知道已是春天了，高空上的阳光多么耀眼、云多么明丽、天空多么湛蓝，都在哄传春天的消息。

就在飞机上，我想起学生时代非常喜欢的一部纪录电影《北极的南奴克》，那是一部真实记述生活在北极圈中南奴克人的纪录电影，他们在冰雪中诞生、在冰雪中成长及繁衍种族，也在冰雪中老去死亡。对于南奴克人，冰天雪地是天经地义，他们的一生没有见过冰雪以外的世界，虽然他们在冰雪中艰难地生活，却从来没有想追寻另外的世界。

可叹的是，科学家发现，长久在冰雪中生活的人，一离开冰雪就会发生适应的困难，这也是为什么俄国流亡的文学家、艺术家，晚年看到下雪都要落泪的原因，更别说是住在北极圈的人了。

当我们从很高的飞机上看美丽的冰雪大地，很难想象有许多人和动物在其中过着艰险的渔猎生活，即使知道那些艰险，站在高点上看，也仿佛没有那么苦了。

我们的飞机很快地就飞越冰山，飞进一个百花正在盛开的城市，那看起来空阔无边、不能横越的冰雪，很快地，竟成为记忆的一部分，被远远地抛弃了。

虽然我们是在高空上飞越冰雪，才有清爽亮丽的心情，但如果还原到人生里，生活也就是这样了。我们的一生固然短暂，却有非常多的时刻，我们会感觉到被冰雪的寒冷所围困，或者沦陷到无边的黑暗里。任何一个人完全避免心灵的寒冷与黑暗是不可能的。

那么，在寒冷与黑暗包围我们的时候，我们要如何去面对，才能维持自在与希望呢？

说起来非常简单，就是让自己的心爬上高点，由一个比较广大的角度来观照自我。这并不是使身心分离，而是真实知道人生的变数虽然有害，但若是从大的心量来看，变数也是常数的一部分，正是觉悟的开启与智慧的契机。

我们在阿拉斯加的上空可以看到冰雪之美，我们在黄昏的最后时刻也能感受黑暗之美，那是我们知道很快就能飞越冰雪，也知道黑暗是迎接光明的一种必然。

心的上升，往往使我们能时常处在光明与温暖的境界；倘若我们一直执著寒冷与黑暗的伤害，我们就会沉沦而不自知。

何不随时准备着飞越冰山呢？因为生活的冰雪只有心的温暖、心的高度、心的广大可以飞越。

南国 🏵

我喜欢王维一首简短的诗：

红豆生南国，

春来发几枝。

愿君多采撷，

此物最相思。

尤其喜欢这首诗里的"南国"与"相思"，南国是
在什么地方呢？南国又象征了什么呢？对于写这首诗的
王维，他当时是在北地还是南国？他有没有特别思念着
的人呢？

相对于"南国"的是"北地"，而相对于"春来"
的是"秋去"，它的意象就这样丰富了起来：在南国的

222

人采了红豆，想到好不容易到了春天，又想到秋天的时候到北地去的人，他是不是有着相思呢？

相思？

是的，"相思"是多么高洁的意象呀！我一直认为相思是爱情中最动人的素质，相思令人甜美、引人伤怀、使人辗转、让人悲绝，古来中国的爱情中最常见的病就是"相思病"，有因相思而憔悴的，也有因相思而离开世间的。

相思就是"互相的思念"，看红豆时可以想到故人旧情，只是一种象征，事实上相思是一种心行，从心而有。心里想念着故人，就是寒夜中闪动的萤火，都像是情人寄来的灯盏呀！

在佛经里说"人惟情有"，是说投生到这世界的人，就是为了情而投生的，他们存情、执情、迷情，甚至惟情，使人因此生生世世在情里流转。这种"情有"，就是"隔世的相思"，可见相思不仅能穿破空间无限的藩篱，甚至能打破时间生生的阻隔。

我们因为舍不得离开在世间曾有的情爱，再轮回时又回来和亲人情侣相会，这时就有了因缘。我们的相思使我们的因缘聚合，但在因缘尽了的时候又使我们因离别而相思。

从生死因缘的观点来看，我们若是从南国离开这个世间，那么我们为了和从前的因缘相会，就会因情爱再投生到南国去。佛经里说我们这个世界是"娑婆世界"，又说是"南阎浮提"，南阎浮提不正是我们堕入相思迷惘的南国吗？

有许多许多人，他们在面对情爱的时候，最常挂在口中的是"随缘"，也就是随着因缘流转，缘生固然是好，缘灭也不悲忧，可是随缘总有无助的味道，完全随缘，就是完全的流转，将会留下不少的憾恨。

我想，更好的态度是"惜缘"，珍惜今生的每一次会面、珍惜今生的每一次爱情，甚至珍惜每一次因缘的散灭，才使我们能相思、懂得相思，并且在相思时知道因缘的真谛，而不存有丝毫的遗憾与怨恨。

现代人最可怕的是失去了对"相思"的认识，大部分人都不能真正惜缘，使得情人间的爱都成为"露水因缘"，露水是不能隔日的，还能有什么相思呢？

让我们心情幽静地来读一次王维的诗："红豆生南国，春来发几枝。愿君多采撷，此物最相思。"我们是不是相思起南国或者北地的人呢？当我们能相思的时候，我们的心就像一面澄澈的湖水，可以照见情爱中高洁的境界。

我们的相思，可以使我们的意念如顺风的船，顺利地驶向目的地；但这种意念顺利地开拔，是不是让我们从相思里产生一些自觉呢？自觉到我们的生命所要驶去的方向，这样相思才不会因烧灼使我们堕落，且因距离而使我们清明。

习气

于右任先生有一把漂亮的大胡子。有一天，他遇到一位小女生，对他的胡子感兴趣，这位小女生问于右老："您睡觉的时候，这一把胡子是放在棉被外面还是放在棉被里面？"

于老先生一时被问住了，想半天也想不起睡觉的时候胡子放在哪里，只好对小女孩说："我改天再告诉你。"

回到家里的那一天晚上，于右老失眠了，他先把胡子放在被子里，感到不对劲，又把胡子拉到被子外面，也觉得不对。他一个晚上就这样把胡子搬来搬去，结果不知道胡子到底是在被子里还是被子外。

很久以后，于右任终于弄清楚，他的胡子有时在棉被外，有时在棉被内。

　　其次，在我们的生活里，有许多事都和于右老的胡子一样，弄不清到底是什么面目。最简单的问题往往最不能找到答案，例如：你下飞机的时候是右脚先下，还是左脚先下？

　　我有一个朋友是电影导演，他要到澎湖去拍戏，先找到一位密宗的大师看看到澎湖以后的运气，大师对他说："你下飞机的时候记得要左脚先下，否则你这一部电影就完蛋了。"

　　我的导演朋友下飞机时突然忘记了到底是应该左脚先下，还是右脚先下，站在飞机的阶道上呆住了，不敢跨出去，直到空中服务员赶他，他的右脚才跨出去。走了几步以后才想起大师叫他先放左脚，顿时捶胸顿足，把自己狠狠骂了一顿，后来电影不卖座，他一直恨着自己的右脚。

　　当然，这些习焉不察的事，有时对我们并没有什么伤害。可是有一些就有伤害了，例如你问一个抽烟的人：你一天抽几支烟，一支烟有多少尼古丁？我相信很少有人能精确地回答出来。或者说问一个普通人：你童年的时代什么样子？你青少年时代不是很有抱负的吗？今天你为什么变成这个样子？问题出在哪里？同样的，很少人能回答出来。

　　但是我们知道，抽烟对我们的身体有很大的伤害，如果我们不正视它，将来一定会出问题的。而我们过去有那么大的理想，今天为何没有成功，一定在某一个环节出了问题，如果我们找到了问题的症结，肯定对我们今后的成功有帮助。

　　我想，那时是因为习气，我们明明知道很多选择、很多习惯是坏的，偏偏要去做，这就是习气，是俗话说："野狗改不了吃屎。"路上的野狗你给它好东西吃，它吃到一半，闻到屎味又跑去吃屎了，许多戒烟的人老是戒不掉，就是这个道理。这样说似乎有点刻薄，然而，坏的习惯不正是如此吗？

　　曾经有一个失眠的人去找心理医生，心理医生教他数绵羊。那一天他又失眠了，医生问他，他说："绵羊都跑走了，抓不回来怎么办？"

　　医生说："你不要管它，假设你有一千只绵羊，跑掉一些有什么关系？"

　　第二天他又失眠了，医生问他原因，他说："我的一千只绵羊今天都数完了，明天怎么办？"

　　你看，习气是多么可怕的东西，如果一个人有坏的习气，即使有一百万只绵羊，也有数完的一天。

所谓成功的人生也者，就是一天减少一些习气，减少习气唯一的方法就是去面对它。

当观知足

> 若欲脱诸苦恼，当观知足。
>
> 知足之法，即是富乐安稳之处。
>
> 知足之人，虽卧地上，犹为安乐。
>
> 不知足者，虽处天堂，亦不称意。
>
> 不知足者，虽富而贫。
>
> 知足之人，虽贫而富。
>
> 不知足者，常为五欲所牵，
>
> 为知足者之所怜悯，是名知足。
>
> ——《遗教经·佛告诸比丘》

有一次到动物园去参观，在猴群聚集的地方，有一个游客丢一根香蕉给猴子，结果一大群猴子都来抢香蕉，甚至你推我挤、大打出手，一直到猴王出现了，才平息抢香蕉的纷争。

　　动物园的人告诉我，再一个小时就要来喂食了，地上也还有一些早上未吃完的食物。这使我知道，猴子抢香蕉乃不是为了饥饿，而是因为贪欲，因为不能知足。即使它们都吃饱了，有人丢一根香蕉，还是会打起来。

　　看到猴子抢香蕉，使我不免有悲悯之念，知道单纯地被欲望支配，是很可悲的。

　　但是回过头来看人，在这个世界上知足的人也很少，尤其是鼓励消费的资本社会，由于消费意识的高涨，很少人能满足于眼前的生活，总觉得还有更奢华的生活可以追求，美其名曰"生活质量"。为了更高的生活质量、更大的消费，人就要拼命地挣钱，钻营奔走、无所不为。许多人就这样奔走一生，最后充满遗憾地离开这个世界，只因为"不知足"。

　　当然，不知足很可能是社会发展的动力，可是不知足也是人性堕落的基因。不知足的心容易被五毒障蔽，充满了贪婪、嗔恚、愚痴、傲慢与怀疑，不知足的人也不能领会单纯平静的喜乐，找不到身心平衡的定点。

　　佛陀早就看清不知足是人性的弱点，因此教我们应该观照知足，有了知足的心才能使心灵平静，常处于净土；有了知足的心才不会为世间的俗事花费太多的时间，有益于沉思；有了知足的心才不会计较利害得失，而能反观自我。

知足，使人即使在最复杂的社会里，也能自在、自由和自尊。

知足，使人即使在最豪贵的人面前，也能胸怀高旷，充满悲悯。

知足，使人即使在最艰难的困境里，也能安乐富有，充满感恩。

夫妇的因缘

> 我之夫妇，譬如飞鸟，
>
> 暮栖高树，同共止宿。
>
> 须臾之间，及明早起，
>
> 各自飞去，行求饮食。
>
> 有缘则合，无缘则离，
>
> 我之夫妇，亦复如是。
>
> 去往进止，非我之力，
>
> 随其本行，不能得留。
>
> ——《五无反复经·佛说》

我国民间有两句流行的话："夫妻本是同林鸟，大难来时各自飞。"这两句话原典出自明朝冯梦龙的《警世通言》："夫妻本是同林鸟，巴到天明各自飞。"而其更早的典故则出自佛经的偈。

读到"夫妻本是同林鸟，巴到天明各自飞"，给我们一种无奈的悲哀，它原流传在民间的意思是，即使亲如夫妻也无法共患难，会被现实环境驱离；更进一步则比喻夫妻相处的短暂，好像林内共宿的飞鸟，天亮就各自飞走了。

佛教原典的意思不仅如此，而且更深刻地说明因缘的变灭与无常的迅速，人在因缘的离散中生活乃是一个不可否认的事实，佛陀教导我们应该认清这个事实，才能对人生有新的对待。

也许，日暮共止，天明飞去是过于迅速了，不过若是从无限轮回的时空来看，百年只是一瞬，有多少夫妻能够真的百年好合呢？夫妻如此，父母、兄弟，乃至情侣也无不如此，只是在因缘流转中偶然地遇合，虽有终生厮守、生死与共的愿望，在最后终不免于离散。

看清人间聚散的因缘，并不表示要否定相互的情义，也不表示夫妇是无法共患难的，而是要我们能超越情爱的束缚，既要珍惜夫妻的情义，也要共同超升来创造一个更好的因缘。人假若无法看清生命的真相，即使是巫山云雨，到最后也只有枉然断肠了。

　　我很喜欢明朝王世贞的两句诗:"百年那得更百年?今日还须爱今日。"时空相会的因缘固然一去不会再回,且让我们在今日的拥有中好好地珍惜今日呀!

　　比翼之鸟终有折翼之日,连理之枝必有断落之时,在万般复杂的因缘里哪里会有永恒不朽的情缘呢?

　　所以,认清因缘法的实相,对人生的疗伤止痛、心灵的自我提升是很有帮助的。许多人都知道佛教的因缘法是让我们"看清""看透",甚至"看破"人生,于是发展出"人生海海,不必太认真"的观念。但是佛教常常被人忽略了"当下""承担""无住"的精神,若在今生今世不能有当下的承担,不能坦然接受因缘,则永生永世也就无法坦然承当了。

　　虽然,"去往进止,非我之力",但在流过我手边的每一寸时光中,我要赋予生命最大的意义。在相遇的每一个因缘,我要"一片冰心在玉壶",清净无染、坦荡磊落。纵然相聚短暂一如林鸟,若能洗尽世间之念,何处没有楼台、何处没有明月呢?

刀柄有什么用

禅宗里有这样一桩公案：

有一天，石头希迁禅师带着弟子石室和尚去爬山。

石头禅师走在后面，腰际插着一把柴刀；石室和尚走在前面，替师父开路。走到山腰的时候，突然被一根树枝挡住了路，于是石室和尚回头对师父说："师父，把刀拿来。"

石头禅师把刀抽出来递给石室和尚。石室伸手去接的时候，发现没有办法接，因为是刀刃。所以石室讲了一句："师父，不是这一边。把刀柄递给我。"

石头禅师大喝一声，问他："刀柄有什么用？"

石室和尚当下就在山坡的小路上开悟。

我读了这个公案深受感动。刀柄有什么用？这么一问，真的让我们思考许多问题。这世界上有很多东西是没有用的，可是如果没有这些无用的东西，有用的东西也就失去了意义。

我们的人生过程，最多不过一百年，在这一百年里，我们真正可以用来修行的时间非常短暂，姑且把这修行的时间当作是刀刃，那么大部分的时间我们都没有在修行，而是在吃饭、在谋生、在睡觉、在散步、在喝咖啡、在看电影、在听音乐……在做一些看起来没有用的事情。事实上，对一个修行者而言，这些像刀柄的时间，可能都是有用的。因为修行或学佛，是整个人格跟整个生命的展现，而不仅止于在佛堂或真正感觉是在修行的那个极短暂的时间。

类似这样的故事，在禅宗里还可以举两个例子。

有一次文殊师利菩萨对大众说法的时候，把善财童子叫起来，对善财童子说："你现在出去拔一根不是药的草回来。"善财童子跑出去找，找了半天也找不到一根草是不能作药的，就回来跟文殊师利菩萨说："我找了很久，却找不到一根草是不能作药的。"

文殊师利菩萨就说："好，那你再去找一根可以作药的草给我。"

当时是在野外开法会，善财童子就蹲下身，在地上拔了一根草递给文殊师利菩萨。文殊菩萨就说了一句话："遍天下无不是药的草。"

遍天下的草，没有一根是不能作药的，这也是很令人感动的。它告诉我们，没有一个特别的东西是作药的，如果这个东西有对治的病或对治的对象，这个东西就可作药。相反的，再好、再名贵的药草，如果不能对治，这药草也就没有用。

还有一个故事是：有一天释迦牟尼佛带着他的弟子，还有天帝、菩萨，在田野间散步，看到一个风景特别优美的地方，释迦牟尼佛就对弟子说："啊！如果能在这里盖一座宝殿，不知该有多好！"

这时候天帝就从身旁拔起一根草，插在释迦牟尼佛的跟前，说："现在宝殿已经盖好了。"

释迦牟尼佛便称赞天帝的境界很好。

一根草跟一座宝殿，事实上没有什么不同，全看我们用什么样的态度来看待一根草罢了。

好好珍惜眼前的生活 🌸

　　去民权东路的殡仪馆参加一位朋友父亲的丧礼。丧礼上每个人都很哀伤，气氛沉闷。每次参加丧礼之后，走到殡仪馆门口，我都会做个深呼吸。

　　啊！当我深呼吸的时候，我就感谢！能够深深地吸一口气，是多么值得感恩的事情。

　　然后我从民权东路的殡仪馆散步到亚都饭店的咖啡厅，去喝一杯咖啡，证明自己的存在。亚都饭店的咖啡厅很好，是十八世纪的欧洲风格。坐下来好好地品尝一杯咖啡，我心里充满了感恩，今天我还能坐下来好好地喝一杯咖啡，是多么值得欢喜的事情。因为，一百年以后，我会和这个朋友的父亲一样，不会活在这个世界上了。这样想来，人间的事情就会变得比较美好。

　　好好地喝一杯咖啡，好好地读一本书，好好地听一段音乐，甚至好好地吸一口气，都是值得感恩的。

如果现在连好好地吸一口气，好好地喝一杯咖啡都做不到，到了百年的时候，就会非常遗憾了。

我们总是觉得极乐世界非常遥远，要越过很多的时空才能到达。其实，远近并不是问题；有的人在远处，却很快抵达；有的人在近处，却很慢抵达。

记得我读小学的时候，班上最会迟到的那个人就住在学校对面。正因为他每天都想"只要一分钟就走到学校了"，所以他总是睡到超过一分钟。我们一群住在很远的孩子，每天可能要走四十分钟才能走到学校上学，但是我们都是提早二十分钟到学校，因为我们自知路远，会提前一个小时出发。

远近不是问题，这使我们知道，好好地珍惜眼前的事情是非常重要的。

民权东路是一条很有意思的路。殡仪馆的旁边是荣星花园，每天都有男女情侣到这个花园拍结婚照。再走几步就是行天宫，人们到这儿求财、求考试中榜、求婚姻美满、求平安、求子……走完这一段生、老、病、死的路程，只需要短短的十分钟。

如果从一个大的观点来看，人的生死就像十分钟那么短暂。如何在这么短暂的时间之内，用很快、很立即的态度抵达我们所要抵达的地方？唯有二十四小时全人格地修行。

假使只注重极乐世界，而忽视现实的人生，就是一种断灭的相。佛经里说断灭相是不好的。相反的，如果只注重现实的世界，而忘记了过去和来生，也是一种断灭的相。这种断灭的相，随时随地都在生活中展现着，常使我们觉得：唉！遥远的东西比较好，极乐世界比较好，这里比较不好。就像我们看电视上的速食面广告，都觉得看起来很好吃，赶快买一包回来。真的吃到口，才发觉不像看来那么好吃。因为电视广告造成我们的一种向往，和真实有差距。

有一次我送朋友一本《阿弥陀经》。《阿弥陀经》里面记载很多极乐世界的情形，说极乐世界里是黄金铺地，莲花大如车轮，有七宝楼台，空中音乐飘送，天上下的不是雨而是花，小鸟都在为我们说法。

我的朋友读完这本经以后，跟我说："我不想去极乐世界，因为我想住在有草的地方。如果是黄金铺地，太可怕了，走起路来都是'喀喀喀'的，心情会很紧张。我也不希望音乐每天从早到晚不停地播放，要的时候才有音乐比较好。不希望鸟每天对我们说法，鸟只要唱歌就好了。"

这也是一种观点。我们不能拿极乐世界的东西来取代现实的生活；同样的，我们也不能拿现实的生活来取代极乐世界。这是非常简单的道理。昨天吃得再丰盛，也不能止息我们今天的饥饿。今天非常饿，想起昨天那一顿吃得非常好，只会越想越饿，并不会因为想而使我们饱起来。想极乐世界的情景也是一样。

昨天的丰盛，对于今天的饥饿是毫无意义的；今天的丰盛，对于明天的饥饿也是毫无意义的。最重要的就是在此时此刻丰盛，也就是要活在眼前。

执着的可怕

学佛的人常因为强调智慧，而忽略了感官的觉受。其实感官的觉受也是非常重要的。六识的启用让我们进入智慧，怎样进入智慧呢？就是要破除无明和执着。

无明和执着是非常可怕的。举一个发生在我家的事为例。

有一天，我的孩子从学校带了一盒蚕回家，我就开始烦恼怎么养这一盒蚕，因为我小时候养蚕总是失败。我问孩子："你带蚕回来要怎么养？有桑叶吗？"孩子说："有，学校福利社 ① 有卖，一包十块钱。"我听了吓一跳，现在竟然进步到连桑叶都有得卖。我又杞人忧天了："碰到礼拜 ② 天怎么办？"孩子说："没关系，礼拜

---

① 福利社：在台湾是附属于学校的小型商店。
② 礼拜：星期。

六多买一包回来放在冰箱里。"

养蚕于焉开始。我常问孩子，万一学校福利社缺货怎么办？他都说："不会啦！怎么会缺货？缺货的话就天下大乱了。"因为学校里几乎每个小朋友都有一盒蚕。

果然被我料中了，下大雨，学校福利社的桑叶缺货了。孩子放学回来跟我说："爸爸，天下大乱了。没有桑叶怎么办？"我只好开车载他到台北市几个可能有桑叶的地方去找，北投、内湖……都没有找到桑叶。这下子可惨了，没有桑叶，这些蚕一定会饿死。

孩子却突发奇想，说："爸爸，我就不相信蚕宁愿饿死都不肯吃一口别的树叶，我们来试试看好不好？"我说："好啊！"孩子就找了十几种很嫩的树叶回来，把叶子一样一样地丢进养蚕的盒子里给蚕吃。可是蚕连闻都不闻，不管丢什么叶子，都不肯吃。

这时候，连小孩子都感受到蚕的执着。儿子对蚕说："难道你吃一口会死吗？我不相信。"蚕还是不肯吃。儿子又说："一定是它们吃桑叶吃成习惯了。如果它们一生下来，第一口就让它吃别的树叶，那么它就会吃别的树叶。"我说："是这样吗？我们来试试看好了。"

为了寻求答案，我们每天努力地养蚕，蚕变成了蛹，又产了卵，在卵孵化变黑的那几天，我们很紧张地去搜集各种嫩叶，这样或许它以后就习惯于吃别的树叶。

答案各位大概都知道，蚕不肯吃这些叶子，碰都不肯碰，只只小蚕有如老僧入定一般。好奇怪！它们还没有任何吃的习惯，却不肯吃这些叶子。试了又试，最后没办法，只好把桑叶丢下去。当桑叶一丢下去，所有的蚕就好像跳舞一样，高兴得不得了，都挤来吃。

那一刻，我真的很感慨，感慨在习气中执着的可怕！

怀抱希望的箱子 🦋

　　我记得希腊神话里有一则故事，可用来讲烦恼跟菩提。

　　天神宙斯为了惩罚从天上盗火给人类的普罗米修斯，命令火神用水和泥土烧成一个美女潘多拉。希腊神话中的神都是忌妒心很重的，火是人类文明与智慧的来源，人间有了火，就会变成像天上的天堂一样，这是神所不能忍受的。这给我们一个启示：只要我们好好地在人间生活，也可以跟天上一样。

　　话说宙斯非常生气，就把普罗米修斯锁在高加索的山上，又把潘多拉嫁给普罗米修斯的弟弟埃皮米修斯，以为惩戒。对于一个男人最大的惩罚，竟然是把一个美女嫁给他，这也是一个很好的启示。

　　潘多拉出嫁时，宙斯送她一个宝箱做嫁妆，却又告

250

诉她不可以打开这个宝箱。潘多拉当然会问为什么不可以打开宝箱，宙斯只是严禁她打开而不答。你看宙斯多坏！他完全了解人的心理，越是被禁止，越是会去做。

潘多拉捧着宝箱出嫁后，每天都想知道这个箱子里到底装了什么东西。一天，她趁丈夫外出的时候，忍不住把箱子打开了。箱子一开，里面冒出一阵怪烟，飞出很多东西，这些东西就是人类的灾祸、痛苦和疾病。

潘多拉吓坏了，立刻冲去把箱子盖起来，然而所有的灾祸、痛苦、疾病……都已经飞出来了。只有一样东西被她关在箱子里没有出来，这个东西就是希望。只有希望没有飞出来。

人类的灾祸、痛苦和疾病，就是从那时开始的。

这个故事很具启示作用。虽然我们生活在充满了灾祸、痛苦、疾病……这样被认为是天谴的环境，但是因为我们的箱子里还怀抱着希望，所以我们能够面对痛苦、疾病和灾祸。

菩提跟烦恼其实也是一样的。烦恼，在我们的环境；菩提，在我们的自心。假使能以一种很好的态度面对烦恼，那么烦恼便可以度过。

人间处处有爱恨

人人都有爱人、恨人的经验，也都了解什么是爱情，什么是仇恨。

如果你的经验较少，去看电视剧或买书来看，电视剧和小说的内容大抵不出爱与恨的范畴。

看电视或看小说，会看到很多奇奇怪怪的事。它们往往不是特例，而是人生的缩影。在电视或小说中发生的事，在现实人生里也可能发生，而且每天都在发生。

就像我前几天收到一位南部读者的信，她是个年轻的女孩，她信中自述的遭遇，其传奇与悲剧性，足以写成小说。

这位读者高中毕业以后，从南部来到台北读大学，随后跟一个男同学相恋，最后在家人反对之下成婚。婚后三年过得很幸福。

　　女方的父亲是货运公司的司机。有一天，他从南部载货到台北，不慎在路上撞死了一个路人，这个路人就是他的女婿。

　　这么巧合的不幸，真是太不可思议了。

　　这个女孩一个人带着一个三个月大的孩子，无法在台北讨生活，只有回彰化娘家和父母同住。然而，每天要面对撞死自己丈夫的人，又是自己的父亲，内心既矛盾又痛苦。

　　而做父亲的每天面对女儿，虽然很歉疚却难以弥补。他根本没想到女婿会走在他驶经的路上，更没想到自己偏偏撞死了女婿。

　　这个女孩来信问我："这到底是什么样的因缘？"

　　我无法回答。怎么可能有这样的电影情节在现实生活中发生？偏偏就是有！

　　我还读过一个间谍故事，很有意思。

　　第一次世界大战初，有一个德国间谍卡尔平，到法国去做情报工作，被法国人逮捕，关了起来。法国方面还以卡尔平的名义供应假情报给德国，然后吸收德国的情报，同时又没收了按月由德国寄来的薪水。

　　三年后，卡尔平先生被释放了，法国政府也有一笔公款——卡尔平先生的薪水——不知如何处理，干脆用来买了一辆车，命名为"卡尔平"，纪念以此人名义作了许多情报工作。

一九一九年的某一天，这辆汽车在法国街上撞死了一个人，而这个倒霉的人正是卡尔平先生，他大概是全世界最倒霉的间谍了。

我看这本书时，真是吓坏了，这世上怎能有这许多的巧合？

偏偏真的就有！尤其是关于爱情，关于仇恨。

没有一个人——即使活到很老——能够告诉别人："我完全了解爱情（或仇恨）。"

因为，爱情与仇恨同样都是不能累积的。这一次你谈恋爱失败了，你会想："下一次，我会变得更有智慧，可以好好地再爱一场。"然后你可能又失败了。

恋爱永远无法给你智慧的累积。仇恨也是一样。那是因为每一次爱恨，都有不同的面目。

一个比较高的位置，一些新的智慧 🔖

有一种鱼叫斗鱼，鱼店必须把两条斗鱼分缸饲养，以免它们自相残杀。至于单独饲养一条斗鱼，如果在鱼缸前面放一面镜子，它也会一直向镜子攻击，至死方休。

起初我很奇怪：斗鱼有奇强无比的斗性，这个族群如何生存呢？研究之下发现，斗鱼有划地盘的习惯，地盘遭到侵犯就斗。如果是在河里或溪里，空间大，各有各的地盘，自然可以互不侵犯，和平共存。偏偏所有鱼店的鱼缸，都在斗鱼所划的范围里，所以养在鱼缸里的斗鱼要斗到你死我活。

把空间放大，就会发现斗争是没有意义的。

现代人特别喜欢争斗，因为空间狭窄，而每个人都想把势力范围划得很大。

　　突破空间和时间的限制，可以解决爱恨的问题，说来也许不容易理解。

　　有一次我从台北搭飞机去高雄，飞机起飞后，我看到地面上有一座山非常漂亮，开满了蓝色、绿色、红色的花朵，我很奇怪自己在台北住了那么久，怎么从来没有看过这么美的山呢？我旁边靠窗坐的是一位打扮入时的小姐，我忙问她："小姐，请你帮我看看下面那座漂亮的山是什么山？"她朝下一看，白我一眼，说："那是垃圾山！"

　　垃圾山从地面上看，是非常可怕、肮脏的。可是从空中看，感受完全不同。为什么呢？因为有了很大的空间，并且保持了距离。

　　在生命里也是类似这样，我们会遭遇很多情爱跟仇恨的垃圾。我们之所以不能忍受，是因为我们就住在垃圾里面。假使把自己的位置提高一点，空间就可以随之放大了，而这些垃圾也就没有那么脏臭了，对我们的危害也不大了。

　　我在夜里写稿时，常听到一种像婴儿啼哭的声音，其实不是婴儿的哭声，是猫叫。

　　那种猫叫声音之恐怖，足以使人汗毛倒竖。猫为什么发出这么可怕的声音？原来是在谈恋爱！听声音倒像是要把对方撕裂吃掉似的。

听了猫谈恋爱的声音，我就很庆幸自己不是猫——可以用比较温柔的态度谈恋爱。

从前养过一只猫。长大了，每天在屋子里叫春。它是只暹罗猫，系出名门，我当然不敢放它出去胡来，门窗关得紧紧的。有一天，它抓破纱窗逸去，五天以后历劫归来，全身满是伤疤，一只耳朵不见了，还跛了一足。

此情此景，我看得吓呆了，一边为它涂药，一边想，猫谈起恋爱真是惊天地泣鬼神。幸好我们谈恋爱不像猫那样全然感官的，那么动物性。

可是，我们可以从报上看到很多人谈恋爱跟猫很像，一定要弄得自己受伤或是两败俱伤。

这使我认识到：当我们转换一个观点来看同一件事，会产生新的智慧。

把空间放大，再来看我们所遭遇的困难、挫折、爱情、仇恨，就会发现："啊，原来它的影响力并不是那么巨大。"也会意识到："原来我先前被情爱（或被仇恨）困住的时候，是多么愚蠢！"

凤凰飞 🔶

在华盛顿，夜里百无聊赖，在街边买了一份报纸，打算回来随便看看，没想到在厚厚一叠报纸某一页的底端，看到一栏高的小新闻，只有这样几句："始祖鸟美丽如凤凰，它的化石不久前在德国发现，体重一磅，大小还比不上一只鸽子。"

这则新闻使我赫然一惊，看着窗外飘落的大雪，心里的热血却无故地涌动着。记得以前读生物课本到始祖鸟的一章，因为它是恐龙中的翼手龙一类，我总幻想着它的样子，它应该是长着青灰色的翅膀，体躯庞大，双翼一展可以遮蔽住整个蓝天，从遥远的山头飞来，让人都见不到阳光。

没想到，这最远古的动物竟长得只有鸽子一般大小；更没想到，它的美丽像凤凰一样，有斑斓的羽毛。

可是，什么是"美丽如凤凰"呢？从古到今，没有人留下见过凤凰的真实事迹，但是人人都知道凤凰的形象，因为它绣在衣服上、枕头上、鞋上，甚至桌面上，人人都见过。鲜活的凤凰已不可见，更遑论始祖鸟了。

始祖鸟像一个鸽子一样大，对一位喜欢联想的少年是一件不大不小的事。使我想到始祖鸟说不定正是中国的凤凰、西方的火鸟以及日本的火山神鸟的传说起源。

中国的凤凰虽不见其迹，但可以体会其神，它是自古以来最美的动物，它被形容成夫妻的恩爱，君臣的忠义，甚至朋友的友谊。为何留下凤凰的形貌呢？我相信在远古的大荒之中，一定有某一个人见过凤凰，像有人见过始祖鸟一样，因此它虽飞远了，却像传说一般活了下来。

说到凤凰的美，在日本京都郊外的金阁寺，是一座布满金箔的古式建筑，它的顶端是一只用金铜铸成的凤凰。金阁寺建于公元一三九七年，却在一九五〇年被一个少年和尚焚毁，后来少年和尚被抓到了，人们问他为何要烧金阁寺，他的回答十分简单：受不了那只凤凰的美。日本作家三岛由纪夫曾经写下了这个动人的故事。一只金铜铸成的凤凰，连和尚都不能抗拒它的美，真正的凤凰可以美到怎么样的境界呢?

日本另有一个传说是关于"火山神鸟"的。火山神鸟也是美丽不可方物的鸟,它终年居住在火山口上,每隔数百年,它就跳进火山中自焚,它的精灵则在火山中重生。由于火山神鸟的永生,人们都相信喝了它的血可以长生不老,从古至今有许多人为了喝神鸟的血而落进万劫不复的熔岩中。

在西方也有类似"火山神鸟"的传说,唯一的不同是它从体内自焚。

不管是凤凰、是火鸟、是火山神鸟,都令我想起始祖鸟,也许在我们未知的虚空中,真有这样的生灵永远地存活着,至少活在全世界人们的心中。它们都具有两个特点,一是它们的长生不老不死,二是它们的美丽不衰不朽;而这正是人们最向往、最追求的。

我们见到了始祖鸟的化石,知道了它的美丽、知道了它的体重,但我们并不真正知道它,因为那些只是它的尸骸而已,而不是它真正的精神。它真正的精神是在于它的启示,它告诉我们人的有限和无限,如何从有限通向无限,只看人有没有勇气自焚了断过往,去追求一个新的黎明吧!

记得《阿弥陀经》曾有一段谈到鸟的经文：

舍利弗，彼国常有种种奇妙杂色之鸟，白
鹤、孔雀、鹦鹉、舍利、迦陵频伽、共命之
鸟。是诸众鸟，昼夜六时出和雅音。其音演畅
五根、五力、七菩提分、八圣道分，如是等
法。

这段经文翻成白话是：在西方极乐世界有各色各样
稀奇好看的鸟，像白鹤、孔雀、鹦鹉、鸳鹭、好声音的
鸟、同心鸟。这些鸟不论昼夜都唱出很温和很雅致的歌
声，使我们听了心中和平快乐；还可以演绎出许多的佛
法，如信、进、念、定、慧五根，并由这五根发出五种
大力；也领悟到七种得道的方法、八种修慧的方法等。

我很喜欢这段经文，它让我们了解，天下间好色
彩、好音声的鸟都不是无意生成的，它原来是要在我们
耳赏目悦之际，生出更多的联想和反省，自其中生出力
量。可惜经文里没有提到凤凰火鸟，但是凤凰可以经历
千百种焚烧的劫数，还美丽青春如昔，已经隐隐合乎了
佛的本意了。

我在华盛顿的雪夜里，看着雪花飘落的无边黑暗，深知凤凰已远远地飞去了，但它留下的启示和传说，至少可以不朽。

林清玄小语

林清玄小语